實境殺人遊戲

佘炎輝——著

如果子對父犯有足夠剝奪其繼承權的重大罪行，初犯應予寬宥。再犯，則父得剝奪其繼承權。

——漢摩拉比法典[1]（The Code of Hammurabi）第169條

1 漢摩拉比法典是古巴比倫第六代國王漢摩拉比頒布的一部法典，刻於玄武岩石柱上，現收藏於羅浮宮，主要精神在歌頌正義、保護弱者和受虐待的人。

0

「石嶼小築」建地有三百多坪，ＡＢＣ三棟大樓呈ㄇ字形，中間是中庭花園。目前鷹架只搭到七樓，地面與牆面還是裸露的粗胚混擬土，有些地方還看得見裡面的竹節鋼筋，現在一片死寂，感覺像座廢墟。

空氣中充滿粉塵和悶濁的氣味，吸進鼻子會令人發癢、發乾。我打開手電筒，光束緩慢且穩定地掃視過地面，有多組凌亂的工作靴腳印和單輪推車的推痕。在牆角則堆置了一堆磚頭、水泥袋、工作檯及砂漿攪拌機。

前方有一對明顯蓋過工作靴足跡的新腳印，我悄聲地說：「你們看，那裡！」

「上？」

我走了過去，傾身仔細打量。那是男性的鞋印，穿41至43號鞋，往右邊樓梯間而去。

我點了點頭，向他們兩人比個「掩護我」的手勢。

「不等霹靂小組嗎？一分鐘內就到了。」

「三比一，怕什麼？」

現在是十七點五十二分，剩不到十分鐘了。

一腳剛踏上三樓平面，就看到電梯井對面，一扇預留的窗戶框架前站著一個黑衣人。他背對著我們俯身看著中庭，一副有恃無恐的樣子，對我們的抵達充耳不聞。

直到我開口警覺地問：「是你？」黑衣人才緩緩的轉過身來，他的眼睛炯炯有神，似要噴出火來，高眺的身材比我足足高了半顆頭。

「我們已經把這裡包圍得水洩不通，你插翅也難飛了。現在是十七點五十四分，你被捕了！」

「過得了我這一關，遊戲才算結束，你要抓我就得憑真本事，反正我是逃不了了，來個男人與男人的對決如何？」他好整以暇的說道。

「你想要釘孤枝？奉陪！」

「我們幹嘛跟他囉嗦，別上他的當，直接抓起來啦。」

兩人舉起槍指著黑衣人，我則不為所動。

「他已經跑不掉了，五分鐘夠了，我就陪他玩玩。」

1

好不容易才從三級警戒微解封，再降到二級警戒，一堆人早就計畫一解封就往外跑，既然不能出國玩，能在國內報復性出遊也聊勝於無。

鄭卉茹和先生小孩一家四口報名參加F市文化觀光局舉辦的活動──《縣太爺的傳家寶》，那是以真人角色扮演遊戲（LARP[2]）為概念的古蹟導覽實境闖關遊戲：

縣太爺遺失了一件傳家寶物，他懷疑被小偷藏在幾個地點。玩家可以憑藉地圖、手機、遊戲包等線索去推理、解謎，只要解開遊戲上的謎題，就能前往下一個關卡，幫縣太爺找到遺失的傳家寶。

這種走動式導覽，結合文化景點、街區店家、闖關尋寶等元素的遊戲能讓民眾以多元趣味的方式貼近F市文史，認識F市的過去與現在，吸引了不少人攜家帶眷、推著寵物來參與。每隊四至六人穿著不同顏色的背心，在福隆宮集合，聽完遊戲規則的講解、領取道具後就由APP產生闖關路線。

---

[2] LARP（Live Action Role Playing），實境動作角色扮演遊戲，是角色扮演遊戲的其中一種形式，參與者在扮演角色的同時須要實際的做出動作行為。

鄭卉茹早就計畫好了，關閣後晚上要到當地知名的夜市逛逛。

小杰同時向他父親發出求救的眼神。

「媽，好熱啊！」

「熱？你知道嗎？熱浪造成世界各地森林大火，葡萄牙已數百人因高溫喪命。義大利、西班牙飆到四十七、八度，公路上的汽車都起火燃燒了，熱穹效應及聖嬰與反聖嬰現象學校有教吧？」鄭卉茹給兒子一個白眼，「姐姐怎麼就不會喊熱。好，給你一個機會教育，跟你說啊，格陵蘭單日光是融冰就達八十五億噸，能讓美國佛州淹水五公分。」她一下子就虎媽上身。

「媽，格陵蘭在哪裡啊？」

小杰一臉無辜的說。

「都幾年級了還不知道格陵蘭在哪裡？你可不要當豬隊友唷。」

在此同時，玻利維亞第二大湖完全乾涸五年，七十五種鳥類消失，居民大遷徙。

——歐洲最大鹹水潟湖爆發生態危機，二十噸魚類暴斃沖上岸。

——哈薩克旱災，動物無草可吃，把紙板當飼料，草原變成動物亂葬崗。

——全球暖化，白線斑蚊現蹤德國，登革熱攻入溫帶地區。

——中國河南省鄭州與南韓首爾暴雨成災；颶風夾帶豪雨，美國紐約市淹大水。

——非洲島國馬達加斯加發生四十多年來最嚴重的乾旱，可能成為「氣候變遷饑荒」

（climate change famine）的國家。

——後疫情時代，多國選擇與病毒共存，六百五十多萬人因Covid-19死亡。（截至二〇二二年八月三十一日）

「你知道嗎，如果全球升溫一點五度，海平面上升將影響目前五點一億人口的居住地，而升溫達三度，可能會有八億人的居住地遭淹沒。」

小杰拚命的搖頭。

鄭卉茹這組闖關的進度有點落後，經由手機APP的QR Code提示，才走到民權西路與政東街交叉口這一關卡，他們遇到另外兩組早到的人馬，關主正在解說大古井的歷史及下一關的提示。

「大古井是本市很多人會忽略的重要古蹟，十五世紀時是當時陸地距離港口最近的一口淡水井，水源豐沛甘甜。但隨著內海的逐漸淤積，早已深埋在街屋底層的小排水溝，」胖關主邊說邊拿出手帕擦汗，「現在在遺址仿造這口井，以鑄鐵蓋蓋著井口，井底兩邊有管路通到下水道。」

關主停下來問大家為什麼還要設管路通到下水道？

「因為不是真的古井，若下大雨可將積水排出去。」

一位年輕美眉舉手回答。

「很好。你們看，路邊還立著一個石刻說明碑。注意喔，下一關的提示就在上面。」

大家的目光隨著關主的手轉向說明碑上的文字。

小杰百無聊賴地聽著關主解說，他瞥了一下石碑，對上面的文字不感興趣，就好奇的把頭往古井鑄鐵蓋一探。

「謝楷杰，你在幹嘛？」

鄭卉茹呵斥她兒子。

小杰突然說：「媽，裡面有好多蒼蠅喔！」

「下水道有蒼蠅、蟑螂很正常啊。」

「可是有一個人耶！」

「大白天的，你在講什麼鬼話？」

別組幾個年輕男女聞言也靠過來湊熱鬧，要瞧個仔細。

不消一分鐘光景，尖叫聲就在街角此起彼落響起。

2

令人渾身難受的高溫在鳳凰樹上點起火來，艷紅的花朵彷彿約好似的一夕炸開，比平時早了一個多月。刑大隊偵二隊隊長高子俊和他底下的第五分隊全體隊員分坐在會議室各個位子上，冷氣機像病入膏肓的病人，喀，喀……，吐不出氣來，才再喀的一聲長長的吐出一口冷氣。

「首先恭喜甄學恩小分隊長調陞偵三隊分隊長。」

高子俊仍是一股勁的酷樣，威而不嚴，但做事細心穩妥，對下屬照顧周到，那親和力還是令人不由得喜歡。

偵查隊裡資深的人都知道他是個單親老爸，太太因篤信某位心靈禪師而心性大變，提出離婚要追隨禪師內省懺悔。不管高子俊曉以大義或斥責爭執，都無法撼動她堅定不移的信仰，最後女兒的監護權則歸給他。

女兒到了青春期再加上叛逆期，親子關係既緊張又疏離，甚至是降到冰點，曾讓他煩惱不已。後來他輾轉得知女兒有在和目前在J市某間精舍修行的前妻聯絡，他沒有刻意阻止，由女兒居中當潤滑劑，與前妻的感情似乎有回溫的跡象。

「他將專責偵辦毒品案件，將來有需要藉助幫忙的地方可要大力幫忙啊。」

高子俊望向跟了他多年的部屬，點頭致意。甄學恩在第五分隊當了好幾年的小分隊長，素有「甄大膽」稱號，他也是隊上的開心果，渾身充滿戲劇張力，辦案的作風老派但手法務實，這次榮陞其他偵查大隊的分隊長，大家都替他高興。

在甄學恩發表一番感謝詞後，高子俊也介紹新成員給大夥認識。

「首先歡迎侯霆煜小分隊長！」

高子俊先環視一圈，大家的目光也跟著投射在坐在他旁邊的兩名新成員。

有著深邃眼神、立體輪廓、黝黑皮膚的男子站了起來，他給人的第一眼印象酷似放蕩不羈，感覺有點吊兒郎當的古天樂。

高子俊接著介紹：「他之前在H市偵辦組織犯罪和掃蕩不良幫派，曾經當臥底偵破歷年來最大宗軍火走私案件。」

「大家好，認識我的都叫我『侯溜』，就是『泥鰍』啦，因為我生性頑皮又搞怪刁鑽，請多多指教。」

侯霆煜的腔調會令人覺得有原住民血統，此外，從左耳後方至肩胛骨有道白色疤痕格外明顯。

「這位是偵查佐楚芸，楚國的楚，芸芸眾生的芸。」

「各位學長姐好，我是楚芸，你們可以叫我『楚楚』就好。」

楚芸俏麗的臉蛋現出笑靨。她頂多二十五、六歲，長得嬌小可愛，有一雙黑白分明的靈動眼睛、直挺的鼻子、像針筆勾勒出的玲瓏有致的嘴唇，皮膚不是白裡透紅，像牛奶裡調和了比例剛好的可可，增一分則太多，減一分則太少，和孫幗芳的冷豔綽約相比，可說另有一番異趣。

會議室裡響起一陣歡迎新生力軍報到的熱烈掌聲。

「是楚楚可人，還是楚楚動人啊？」蔡伯諺調侃說。

他同樣是偵查佐，資歷是深了點，但好大喜功，油嘴滑舌的個性很難改。總誇說自己懷才不遇，是關在廄房裡的千里馬，養在花盆裡的萬年松，同事們聽多了也就麻痺了。年紀不大就已童山濯濯，動不動還拿把梳子梳理他那所剩無幾的毛髮，身上的古龍水味道總是像花蝴蝶般飄來飄去，人還沒到，遠遠就聞得到。

「本分隊終於有第二名女性同仁了，隊上一向陽盛陰衰，老是被這群臭男生欺負。」

孫幗芳是第五分隊的分隊長，在男性居多且握有主導權的刑大隊裡當二級主管，平日素有拚命三娘衝勁的她比男性同事更能面對各種殘缺肢體，但大家還是會拿放大鏡盯著她，看她何時出糗。

她經辦過各式各樣光怪陸離、怵目驚心的刑事案件，看似柔弱的外表，卻頗有膽識，隱藏著剛毅的性格。但沒兩把刷子兼剛柔並濟，還真是難以服眾。

大夥私下謔稱她為「艾莎」——《冰雪奇緣》的冰山美人Elsa。

「姑奶奶，妳發起威來誰不畏懼三分哪？」

敢開她玩笑的是王崧驊小分隊長。

王崧驊和甄學恩同時當上小分隊長，是個大塊頭，有著常上健身房的雄渾肌肉，但個性憤世嫉俗，講話時會夾帶著英文的罵人字語，要不就像連珠砲般劈哩啪啦的，旁人都要豎起耳朵才聽得清楚。

「我在A市早就聽聞分隊長的威名，還請分隊長指導照顧。」楚芸嗔聲道。

「晚上我請各位吃豬腳，迎新送舊，嗯，也不算送舊啦。甄分隊長的偵三隊也不過在樓下，以後見面合作的機會多的是。」

「豬腳配啤酒最搭了。」有人起鬨說。

「沒問題，你們能喝多少就儘管喝，但別忘了……，」

「酒後不開車！」大夥異口同聲的說。

高子俊難得展現和大家打成一片的一面，「對，開車不喝酒！」

「高隊，都說西式的邪惡卡路里美食是炸雞、漢堡、起司等料理，但說到豬腳，大家會喜歡吃什麼部位呢？」王崧驊提問。

「是外皮、肥肉、瘦肉兼具的腿庫，或是帶著蹄筋的中段，還是可以啃骨又富含膠質的豬蹄？」

他如數家珍，說得大家口水都快流下來了。

「豬腳料理我可是有研究的，」王崧驊為他自己所說的話顯然頗為沾沾自喜，「腿庫其實是台語發音，指的是豬後腿的上面部位，也稱為『蹄膀』。肉多且富脂肪，非常適合拿來紅燒、滷製或烤炙，可以清楚地看到外皮、肥肉以及瘦肉。

「中段則是指腿庫與豬蹄之間的部位。比起腿庫的份量，感覺會比較少，但多了帶著骨的蹄筋。」

「吃就吃，哪來那麼多廢話？」高子俊訕笑道。

說到吃的大家都七嘴八舌起來，只有楚芸說她在減肥，煩惱吃不下那麼多，要徵求幫她「分憂解勞」的人。

「好了，要吃德式烤豬腳還是中式滷豬腳就由甄分隊長決定吧。」高子俊下結論，「接下來言歸正傳，可不要說我要破壞你們的胃口，在偵查隊就是要能伸能屈。」

◇◇◇

高子俊向孫幗芳頷首一點，她心領意會。

「我接下來要報告昨天由文化觀光局舉辦，在實境遊戲關卡中的古井屍體一案。」

孫幗芳將鑑識組從古井、鑄鐵蓋到掀開鑄鐵蓋、露出屍體拍到的照片一一呈現在投射螢幕上，還稍微解釋了什麼是真人角色扮演的實境闖關遊戲。

「姑且稱之為刑案現場。鑑識組的許組長在現場沒採集到有用的跡證，古井的鐵蓋是用螺絲鎖上去的，經過日曬雨淋早就生鏽了，而當下螺絲已被橇起了，不仔細看還不會注意到原本是有螺絲鎖上的。」

「會不會是密室殺人啊？」

偵查佐阿丹好奇的問。

「Bullshit，你推理小說看多了哦。」王崧驊啐道。

孫幗芳接續著說：「古井的底部低於地面五十多公分，高度於地面上一百公分，內緣直徑約八十公分，外緣是厚度二十公分的磨石磚。屍體背靠井壁呈右傾的坐姿，經初步的檢驗，身上沒有明顯傷痕，但他的身旁倒置著一瓶『固殺草』，有一股穢濁的氣味從井中散發出來。」

「固殺草？」

「巴拉刈禁用後，固殺草（Glufosinate-Ammonium）是同樣有除草功能的農藥。」

「可能是喝農藥自殺嗎？」

「要自殺的人何必大費周章躲進小小的古井？光掀開及蓋上鑄鐵蓋就得花一番功夫，而且蓋上鑄鐵蓋不就是不想被人發現。羅檢座認為有諸多疑點，有司法相驗理由，就簽署與予解剖，簽分了偵查案件。」

「查出死者身分了嗎？」

「查出了，目前已知道死者名叫汪治邦，六十三歲，男性，是福隆宮的會計，福隆宮的主委已出面指認屍體。」

「聯絡上他的家屬？」

「還沒，主委說他有一個女兒，嫁到G市還是W市吧，」孫幗芳回答高子俊的問題，「我已讓小葉試著聯絡她。」

「所以他是一個人住？死了幾天都沒人知道？」高子俊感嘆道。

「孤寂快變成現代人內心最深的恐懼了，誰都不希望孤獨死去。」王崧驊有感而發，「我之前經手過幾個自殺的案子，久病厭世的、對生活絕望的、被子女棄養的獨居老人、鄰居眼中的隱形人，比比皆是。」

高子俊說：「題外話，你們知道嗎，日本將無血緣、無地緣、無社緣的社會，稱為『無緣社會』。一個人孤獨死去、無人送終的狀況，就是『無緣死』。」

會議室的氣氛沉寂了一會。

孫幗芳接著又放了幾張汪治邦被抬出古井後的照片，除了井內有蠕動的蛆，井外還有幾隻搶著要擠進去的蒼蠅，她說蛆已經被拿去化驗。

「雖然現場已拉起封鎖線，但警方未到達前，有些實境遊戲的玩家已拍了照片，可能上傳到推特、FB、Instagram社群網站了。」

「這有什麼好拍的？」

「衝點閱率啊，分享次數越多越好啊，現在連阿貓阿狗都可以當網紅。」

孫幗芳語帶不屑的說。

「分隊長，聽說屍體會發臭長蛆表示死好幾天了？」楚芸怯生生的問，「好可怕喔。」

「呵，那是妳還沒經過震撼教育，在我們偵查隊什麼樣的屍體沒見過。會後分隊長就帶妳及霆煜去徐法醫那裡見識見識，他有很多『步數』可以偷學。」高子俊說，並交代任務：「崧驊，你帶阿丹去福隆宮和附近周遭查看有什麼線索。伯諺，你去調閱監視器。」

◇◇◇

「小分隊長，現在人手一支智慧型手機，科技和社群媒體的進步反而讓孤獨感變得更加嚴重，人與人之間更加疏離，連要死了也不知道可打給誰。」阿丹說。

王崧驊狡黠一笑，「可不是嘛，才說咧，我現在下了班都懶得出去覓食，訂購食物外送的次數越來越多了。」

「我本來一星期上兩三次健身房，現在都在Zoom平台上瑜伽課、上Combat，都快離群索居了。」阿丹嘆道。

「你一個大男人學人家上什麼瑜伽課？我都練重訓和舉重、舉啞鈴。」

王崧驊往阿丹的肩膀捶了一拳。

3

孫幗芳帶侯霆煜和楚芸到位於市立法醫研究中心所在大樓地下室一樓的解剖室。

經過徐易鳴法醫的爭取，解剖室多了負壓排送風系統、空調冰水系統，也汰換了原本的抽氣式解剖檯、懸臂攝影機、獨立廢水處理系統。

雖然孫幗芳來的次數都數不清了，依舊不習慣那裡肅穆的氛圍以及消毒劑混雜著清潔劑的味道。

徐易鳴和助理蘇肇鑫已先將汪治邦從冷凍櫃拖了出來。

送來解剖室之前，該做的微量跡證採集，像毛髮、指甲、棉花棒擦拭過的口腔粘液等生物樣本，鑑識組已先拿去化驗了。

屍體照過X光、清洗後的外觀檢查，從頭、胸、腹、背、左右手、左右腳依序被巡查一遍，包括傷口、疤痕、刺青、胎記、不尋常的外貌特徵，甚至指紋按壓也都完成了。

體態略微發福的法醫徐易鳴是警察大學「鑑識科學系」畢業的，擔任法醫已十多年，好好先生一個，若脫下手術袍、提著名牌公事包，給人的第一印象會是能言善道的房仲業者。他對法醫病理學有憧憬、有理想，才能堅持到現在。

孫幗芳和侯楚兩人穿好無菌防護衣，戴上口罩、護目鏡、髮帽，套著紙鞋套，走向徐法醫和小蘇。

她介紹四人互相認識。

「徐法醫都把『屍體會說話』掛在嘴上，說什麼屍體會解釋一切，我可從未聽過屍體說過話。」她打趣說，「咦，羅檢還沒到啊？」

「他還有事會晚點到，也許到不了也未必。」徐易鳴說，「我們先進行吧，不過這位美眉挺得住嗎，待會可有開腸破肚的重頭戲喔？」

楚芸道：「徐法醫，您安心啦，一回生兩回熟，況且侯小隊長說他會罩我。」她說著，瞟了侯霆煜一眼。

「你們先瞧瞧這張籤詩，許組長從死者的褲子右邊口袋找到的，原本折了對折放在夾鏈袋裡，是福隆宮的籤詩。」

徐易鳴把籤詩夾在X光看片箱。

「看來是張下籤，說什麼冤屈不能伸，冬天遇寒霜的。」

孫幗芳看了個仔細。

「許組長說上面只有死者的指紋，就連那瓶固殺草也是如此。」

「有可能是凶手故意放的，想製造假像？看似精心策劃的預謀殺人，為何又留下除草劑空罐和籤詩？」侯霆煜提出心中的想法——故佈疑陣。

「他是想暗示含冤被殺，還是神明指示有危難而自殺？」楚芸問。

「不管是下籤還是下下籤，只要心存善念，隨時反省自我，多加注意小心，應該都能化解危難，否極泰來吧？」

徐易鳴想來是不信那一套的。

孫幗芳拿出手機，「我先拍下來傳給王崧驊小分隊長。」

福隆宮		
第四十七首 冤枉重重何得伸 猶如寶鏡在埃塵 嚴霜積雪寒如許 爭奈春來不遇春	聖意 訟莫興財莫貪 病未甯婚難成 行有阻冤難申 且循理保和平	解曰 冤屈困境一重重，正義難伸張，彰顯真相的寶鏡被蒙塵，雪上更加霜，時機到時卻未見好轉

◇◇◇

福隆宮是F市三級古蹟，關於宮廟的由來，一說該廟肇建於明鄭時期，是福建青礁的移民自故鄉迎奉保生大帝來台安奉立廟。另一說福隆宮本來是土地廟，舊稱「福德堂」，建於道光年間。

日治後期大稻坑原有的大道公廟神像被迎奉到福隆宮內，因為大道公的入祀，福隆宮就改奉大道公為主神，而變成保生大帝廟。

福隆宮部分廟宇及神像曾遭遇祝融之災，重整廟務後，以保生大帝及池府千歲濟世救人、靈通三界、威伏群魔之顯聖神蹟四方傳聞，讓威名再現。信眾合力捐輸，廟堂全新竣工，才有現在歇山重簷的正殿，南北四進三落五殿，兩側鐘鼓樓雕樑畫棟的樣貌。

宮內正殿主祀保生大帝，並同祀關聖帝君，五殿分祀池府、溫府等五府千歲，後殿為觀音菩薩、註生娘娘、福德正神、地母至尊等神明。

王崧驊和阿丹在廟前先雙手合十膜拜，嘴裡唸著禱詞，祈求眾神明保佑早日破案。

「汪治邦在本宮廟裡當會計少說也有二十年了。」主委姓趙，肥肥胖胖的，感覺撈了不少油水，而且還是個大菸槍，連隔著口罩都會聞到濃濃的煙味。

「很遺憾發生這種事。我在福隆宮當主委才五年，咯，其實和汪會計也僅是泛泛之交，咯咯……，」趙主委一口痰卡在喉頭，似乎想一吐為快。

「昨天承辦實境遊戲的文化觀光局人員跑來找我，說大古井裡面有具屍體很像我們家老汪，我也納悶這怎麼可能，還以為是在開玩笑，咯，沒想到真的是他。咯咯……，對不起最近身子有點欠安。」

他咳得有點臉紅氣喘。

王崧驊心裡在嘀咕：「只怕是菸抽太多吧？」

「疫情期間廟裡依疾病管制署規定，不對外開放，所以我們的人員也都休三天來一天，喀喀……，不需要每天來上班，喀喀……，我也好幾天沒看到他了。」

阿丹忍不住了，就怕他突然吐出一口濃痰來，說道：「主委，你要不要先喝口水潤潤喉？」

「喔，好，好！」

他端起保溫杯，摘下口罩，喝了一大口，阿丹還聞到杯裡的人蔘味。

「本宮廟的帳務都很正常，監事們也沒發現他有什麼不法的行為。」

趙主委連忙撇清，只怕此地無銀三百兩啊。

「林姓廟公大半輩子都待在這裡，我介紹你們認識認識，他應該可以提供你們更多汪治邦的資訊。」

趙主委再度拿起保溫杯喝上一口。

◇◇◇

「鑑識組的許組長說，發現屍體當下，屍體是背靠井壁呈右傾的坐姿，對吧？」

「井底下都是爛污泥和髒水，井壁也是長滿青苔。」孫幗芳點頭後補充回答。

「屍僵已經緩解了，屍斑集中在右半部，嗯……，」

「您說死亡時間呢？」

「唉呀，你們分隊長每次都會先問我這個問題，我都要解釋半天，你們可別學啊。」徐易鳴望向侯楚兩人，訕笑著說。

「徐法醫，不知道我這樣說對不對？」侯霆煜這時候才開口說話。「人死後開始出現屍僵到遍及全身有個12-12-12的一般通則，就是『形成期』、『僵硬期』到緩解的『鬆弛期』，各約12小時。」

「嘿，小子不錯喲，你對法醫學還懂得一些。」

「略知皮毛而已啦。」

「繼續，繼續。」

徐易鳴很有興致地鼓勵他。

「屍僵的形成，一般是按照下行順序，從眼皮、下頜、頸部較小型的肌肉開始往下慢慢形成，再漸漸擴展到全身肌肉。」

侯霆煜怕說錯，謹慎地看著徐易鳴說：「屍僵在維持一至三天後，又會漸漸退去，回復放鬆癱軟的狀態。」

他說完就像小學生等著老師公布答案。

徐易鳴則補充說明：「其實哪，氣溫高低、死者體形也會影響。至於中毒死亡的屍體，屍僵的時間亦不相同。」

孫幗芳笑笑說：「這幾天都蠻熱的，下午兩點左右少說也有37℃，還是你這邊涼快。」她其實是想奚落解剖室的冷凍庫涼快，但隨即又問道：「聽說番木鱉鹼（Strychnine）中毒會加速屍僵的出現及消退，一氧化碳中毒則會延緩屍僵消退的時間，這樣說對嗎？」

「沒錯，虧妳還記得。」

「徐法醫，你們說這麼多我都記不起來耶。」

楚芸苦惱地噘嘴說。

「無所謂啦，有興趣再說給妳聽，不然也可找我助理問。」

徐易鳴似乎有意無意想湊合蘇肇鑫和楚芸。

「至於屍斑嘛，小伙子，分隊長說你姓侯是吧，你倒是說說看。」

徐易鳴饒富興味的看著侯霆煜，想看他還答不答得出來。

「呃……，」侯霆煜沉吟了一會才說：「我約略記得屍斑形成的初期，都是淺紅色的，後期可能會加重。還是十二小時理論……，」

侯霆煜頓了一會才接著說，「就是在死後十二小時內屍斑可以隨著屍體位置的變化而重新形成。」

徐易鳴讚許地點點頭。

「是的，人在死亡之後，血管通透性增強，紅細胞透出血管，沉積到身體底下位置的軟組織裡，在皮膚上表現出顏色的變化，形成屍斑。」

「我知道了，就像沙漏一樣，紅細胞隨著身體的體位變化，慢慢沉積到另一側。」

楚芸像想到答案，急著要搶答。

「徐法醫，說了半天你還沒告訴我死亡時間咧？」孫幗芳催促他。

「不急。先透露一點，屍體還沒呈現『巨人觀』[3]，應該還不到七天。」徐易鳴賣了個關子，「你們應該看過許組長拍的現場照片吧？他說死者身上已長蛆了。」

相對於徐易鳴的好整以暇，楚芸光想到昨天看到的畫面就一陣反胃。

「因為屍體開始腐敗了。我們內臟腐敗的順序是從腸胃道的細菌開始的，接著是肝臟、肺臟、腦部，然後是腎、子宮。細菌自我消化，把蛋白質分解成胺基酸，釋放出氣體使屍體膨脹，血管的紅血球崩解，腐敗靜脈網使皮下組織呈現墨綠色……，」

楚芸越聽越往侯霆煜靠去。

◇　◇　◇

「主委，我一路走來看到廟埕停了好幾輛噴有『福隆宮專用』字樣的車子，有雙B、有休旅車，福隆宮這麼有錢哪？」

說到這個，趙主委彷彿脫胎換骨，不再咳了，可以侃侃而談他的豐功偉業。

---

3 屍體受到腐敗菌群作用，產生大量氣體，逐漸擴散全身，看上去膨脹如巨人。眼球、舌頭突出，皮膚塌陷脫落，流出墨綠色液體，有如腐敗的巨大蕃茄。

「無論哪種宗教組織都要有資金才能維持運作。單靠信徒捐的香油錢，宮廟要怎麼生存啊？」

「我看福隆宮的信徒很多，代表著香油錢也很多吧？」

「我媽每年都會去宮廟點什麼光明燈，嗯，還有安太歲，五百、一千的，好像是公訂價？」阿丹插話說。

「五百、一千的積少成多就成了金山銀礦啊，呵呵，這樣說會不會太直白？」

「直白？」

「就是講太實在啦？其實啊，求神拜佛是信仰行為，讓浮動的人心能得到緩解，有撫慰心靈的能力，信眾才會心甘情願地捐錢。」

趙主委像似要糾正自己說的，點光明燈、安太歲絕不是區區五百、一千銅臭味的事。

◇◇◇

「重頭戲來囉！」徐易鳴故意望向楚芸說。

「蒼蠅的嗅覺比其他昆蟲靈敏，鮮血和腐敗的氣味在一百多公尺外就能捕捉到。母蒼蠅產卵後，一天就可孵化成蛆。」

徐易鳴拿一支鑷子從汪治邦的鼻孔裡夾出一隻肥滋滋的蛆，舉向孫幗芳三人，那隻蛆少說也有兩公分長。

楚芸嚇得退避三舍，差點撞到侯霆煜。

「蛆用嘴裡的兩支利鉤撕咬腐肉，它的進食和呼吸器官在身體不同的兩側，所以能二十四小時不斷地同時進食與呼吸。」

「徐法醫，我記得你說過，蛆變成蛹只要四天，再十天成蟲就可破蛹而出，對吧？」

孫幗芳不動聲色地說，蛆她可是看多了。

「嗯，好啦，我可預估死亡時間了——六十至七十小時之間。」

徐易鳴對死亡時間一向還蠻有把握的。

「已經緩解的屍僵；屍斑集中在右側身的手部及腰部、腿部；加上長蛆的腐敗屍體，就先這樣了。」

4

「所以古井不是第一現場囉？」

「還沒嚥氣就丟進去算是嗎？」徐易鳴反問，「我判斷不出死前還是死後丟進去的，他身上沒什麼掙扎的痕跡。」

徐易鳴緊接著說他從汪治邦的外觀檢查有發現幾個疑點。

「你們過來之前我先讓小蘇推屍體去照X光了，腦部沒有血塊或撞擊傷，肺部有些陰影，沒有骨折現象。」

侯霆煜眼尖，「徐法醫，他腹部這裡有開過刀。」

「我看他的眼瞼有出血點，手指甲和腳趾甲烏青，知道死因了嗎？」

孫幗芳也看出一些端倪。

戴著手術手套的徐易鳴扳開屍體的左邊眼瞼，再扳開另一邊，讓侯霆煜和楚芸往前看個仔細。

「還有這裡，」徐易鳴用止血鉗撐開汪治邦的嘴巴，「口腔黏膜有多處局限性出血。」

「是機械性窒息。」孫幗芳道，但聽不出是肯定句還是疑問句。

「孺子可教哦，妳記得可清楚啊。」

侯霆煜也看出兩邊的眼瞼有密集排列的出血點，但楚芸好像還一知半解。

「他的口鼻部周圍沒有明顯殘留蒼白區，或擦傷、出血、指甲痕，想來是在無抵抗情況下被害的。」

三人看向徐易鳴的止血鉗所指部位。

「內耳氣壓因口鼻被捂住而發生變化，導致顳骨兩側延至顱底的『顳骨岩部』也有出血，……」

「那麼，加上指甲的烏青呢？」

「我初步判斷死者是——被人捂壓口鼻腔窒息死的。」

「徐法醫，你忘了現場有一瓶固殺草？」

「血液是有毒物反應，但現場有嘔吐物嗎？急性固殺草中毒可能導致木僵、抽搐、昏迷及失憶，死人就看不出來了。」

「你是說死後被灌毒？」

「是有可能，因為口腔及喉嚨有潰瘍徵狀。」

「除此之外，他的手腕有綁痕，腳底有電流斑。」徐易鳴補了一句。

「電擊傷？」孫幗芳驚呼道。

徐易鳴點點頭。

「我有被電擊的經驗。」侯霆煜突然這麼說，「以前當臥底，什麼驚險場面沒遇過。」

「蛤，那會不會很痛啊？」

楚芸的表情有點扭曲。

「電擊傷是由電流轉為熱，造成皮膚、肌肉、神經甚至骨骼的受傷。接觸電流的時間與部位、電流的強弱、電勢差的大小、電流種類都會影響電傷害的嚴重度。」徐易鳴解釋說。

「這麼厲害啊？」

楚芸露出不可思議的神情。

「妳是說小分隊長厲害還是被電擊的臨床表徵厲害？」

孫幗芳故意糗她。

徐易鳴呵呵一笑，說道：「我是看不出電擊傷是否造成死因啦，待會解剖就知曉了。」

「我覺得八成是刑求耶。」楚芸道。

「刑求？」

「電影不都這麼演的？」

◇◇◇

「我來之前有先查過內政部二〇一八年的宮廟統計資料，」王崧驊拿出手機點開《內政部宗教資訊網頁》，「寺廟和教會總堂數有15,144間，登記在案的廟務人員及信徒人數有953,599

人。」

趙主委不置可否的點了點頭。

「若未登記的信徒大概佔比總人口數量60％至70％，以兩千三百萬人口來估算，就有一千三百八十萬人，這在選舉時可是一大票倉哇！」

趙主委似笑非笑著說：「我何嘗不想讓福隆宮成為大甲鎮瀾宮第二？」

「那也是了不得的。」

「老實說啦，若以企業的角度來經營宮廟，還真是投資少、獲利高、市場大的企業。鎮瀾宮第二？哈哈哈！」

老實說，王崧驊也沒想到趙主委這麼不忌諱的說這麼坦率。

「主委，宮廟有幾種形式呢？」

「家庭式神壇、有外觀建築的神壇、大型登記在案的宮廟。所需人員從主持人、解說人員、雜項管理人員依規模而定，最少三人到無上限。」

「哇，我看我改行來福隆宮工作好了。」

阿丹一副興致勃勃的樣子。

「那麼，你們知道宮廟的營收區分為幾個區塊嗎？」

趙主委向兩人擠了擠眼，宛若要公布最佳獎項的得主。

兩人的搖頭讓趙主委說得更加亢奮，也沒聽他再咳了。

「不多不少，四個區塊。」

「四個區塊就有一座中台禪寺、一座聖母廟？都是金碧輝煌、氣勢磅礴啊！」

「大家都在比排場、比占地、比規模、比人數、比名氣，好歹也要排進宗教百景。」趙主委臉不紅、氣不喘了，說道：「可見實物的有價捐贈、不可見實物的捐贈、活動費用捐贈以及財團企業獻金。都是寶唷！」

「都是哪些名目呢？」

這下子反倒激起王崧驊的好奇心了。

「呃，你們想得到的，更多的是你們想不到的。」

趙主委看他們兩人搔著頭，故弄玄虛不明答。

◇◇◇

徐易鳴接下來要劃下Y字形刀口。

「我就先不鋸開顱骨了，若有必要，等你們走了我和小蘇再來做。小姑娘第一次來，不要嚇到人家。」

孫幗芳嘟著嘴說：「徐法醫，你不太厚道哦，我幾年前第一次來，你就要我看白森森的顱骨。」

「哈，這我倒記得，」徐易鳴短暫沉思了一會，「那是一樁頭部槍擊案，子彈還卡在顱腔內，是妳說不怕要看的，還怪我咧！」

徐易鳴用手術刀從屍體的肩膀兩側直到胸骨下方劃下一個Y字形，用肋骨剪把肋骨、鎖骨剪開，再移除胸骨、打開胸腔。

他的動作熟稔，不疾不徐，有如老練的廚子發現鍋子裡的水燒開了就離火，絲毫不拖泥帶水。一股濃郁的屍臭味直衝而出。

「喔，好嗆、好臭！」

楚芸好奇靠得太近，被嗆得咳了起來。

「哈哈哈，是妳自己說一回生兩回熟的喔！」

徐易鳴樂得很。

「我從X光片看出死者肺部有0.3公分左右陰影，可能只是『肺結節』，現在再從外觀看是沒有出血現象。」

徐易鳴摘下那組肺臟，放到小蘇遞過來的不銹鋼托盤，再切開來檢查，自顧自的說：「我做個切片去檢驗好了。」

他沒留意到一旁的楚芸臉色煞地刷白。

「分隊長，我……，我……，」楚芸感到作嘔的感覺又來了，卻什麼都吐不出來。

「侯溜，你先帶她出去休息。」

孫幗芳脫口而出。

◇◇◇

「好啦，隨便講幾個。可見實物的有價捐贈除了剛才說的點光明燈及安太歲以外，還有各類香金紙、周邊商品、建廟的贊助。」

趙主委頓了頓，喝一口人蔘茶，再讓香氣在嘴裡迴盪。

「不可見實物的捐贈最多的就是香油錢，辦事問事費、神明生日壽禮、廟宇活動捐款也都算數。」

「我看每年保生大帝生日、五府千歲生日、觀音菩薩生日從各地湧入的信眾和『契子』就很可觀，香油箱、功德箱多設了好幾個，這可是個大數目哪。」

趙主委聽聞後笑而不答。

「那我知道了，活動費用捐贈就是辦遶境啦、廟會啦所收的捐贈？」

阿丹想到「8＋9」的陣頭活動。

「沒錯，還有野舞臺僱用費、陣頭僱用費、辦桌費等的捐贈。」

「據我所知，政要名人以捐贈名義將錢匯入廟宇的財務可是天文數字，既可節稅又可留名。」王崧驊感慨道。

「我們不光是收錢啦，廟裡每年都會舉辦祈安法會，為信眾消災祈福、延命保壽，這種法會科儀就是俗稱的『禮斗』或『拜斗』。民間信仰中就有『南斗延壽，北斗解厄』的說法，你們到時候可以來拜一拜兼祈福。」

趙主委說得口沫橫飛。

王崧驊將孫幗芳從LINE傳過來的籤詩拿給趙主委看。

「這是一首下下籤哪，我不是解籤師也看得出來。我們家的籤詩上頭都有『聖意』和『解曰』，其實不用解籤師的說明也看得出八九成。這張籤詩的典故出自於『楊乃武與小白菜』[4]。」

阿丹一頭霧水，囁嚅的問：「是吃的小白菜嗎？」

趙主委笑著說：「故事說來話長，你自己去Google吧，」他反問：「這是哪來的？」

「汪治邦身上找到的。」

「他怎麼會在身上放一張下下籤？」

王崧驊放下手機。「這正是我要請教你的。汪治邦最近可有什麼異樣或行為舉止怪異的地方？」

「譬如？」

---

4 清末四大奇案之一，1873年浙江餘杭葛品連自然死亡，仵作驗屍失當誤判為毒殺，其妻葛畢氏（小白菜）被誣指與新科舉人楊乃武通姦並毒殺丈夫。知縣唆使竄供又隱瞞證據，兩名疑犯受刑訊逼供屈打成招，被判死刑。

「他是不是生病了？欠人家錢？有感情糾紛？」

王崧驊不想擺明了就把徐法醫的發現告訴趙主委。

「感情糾紛應該不至於，都多大歲數了。欠人錢倒沒聽說過，就算有困難，說出來我也會幫他忙。」

趙主委挑簡單的先回答，「至於是不是生病了我沒十足把握，老汪平日菸抽得不多，酒也喝得少，不像我應酬多，拒絕不了嘛。」

「或許他生病不想告訴別人，選擇……？」

「你說自殺啊？不可能啦，這不像他的作風。」

緊接著趙主委壓低聲音說：「不是我要說死者壞話，老汪這個人啊，自從老婆去逝後，生活就像一碗沒加調味料的清湯，無聊得很。他的女兒孫子不在身邊，自己也不會找樂子，但至少活得安穩，不會想不開啦。」

◇　◇　◇

「看來小朋友還得多磨練磨練，」徐易鳴看著侯楚兩人走出去，「我講個冷笑話好了。為什麼都說上車下車、上床下床，在軍艦上卻不能說上艦下艦呢？」

「這你也要考我？因為司儀會說：『恭迎〇院長上艦，恭送〇院長下……艦（賤）』。」

其實孫幗芳每次看屍體解剖，都是憑著強烈的意識在支撐。

「對，要說登艦、離艦。」

徐易鳴繼續著未完成的工作。

「心臟、肝臟沒什麼異狀，咦？這胃部大有文章喔。」

孫幗芳往前傾了傾，「看出什麼名堂嗎？」

「看得出病變，此外胃壁有穿透孔，或許是癌細胞轉移到大小腸或其他部位。我看今天就到此為止，我直接跟健保署申請雲端病歷好了。」

徐易鳴每次解剖完都會將摘除的器官歸位縫合，雖然沒有修復師重視的美觀，也會儘量保持死者的最後尊嚴。

5

「你玩過哪一種實境闖關遊戲嗎？」負責舉辦實境闖關遊戲的文化觀光局袁姓課長拿出一張地圖和一張海報給孫幗芳看。

「您是說到實地場域進行實境解謎的闖關遊戲？」

「是呀，最近滿夯的。」

孫幗芳以搖頭代替回答。

「這是我們最近推出的《縣太爺的傳家寶》，評價還不錯，已辦了五個梯次，有一百多人參加。」袁課長指著海報說。

「遊戲的內容是貴局設計的嗎？」

「不全是，設計主軸要有歷史性、故事性、趣味性，我們有主導權。委外得標廠商則設計執行內容、規劃遊戲流程、關卡任務、謎題發想、道具製作、ＡＰＰ開發、尋找贊助商家等等。」

袁課長指著地圖上的標示說：「遊戲以福隆宮附近方圓兩公里為步行範圍，總共有六道關卡會出現在上面。」

孫幗芳數著地圖上標示的地點，約有十多個。

「遊戲會同時搭配手機上的解謎LINE聊天機器人一起使用，好讓闖關趣味橫生。」

「LINE聊天機器人？」

「闖關經常需要輸入答案和請求提示，因此手機便成了最佳的解謎輔助工具，相較於全部都用ＡＰＰ，LINE對於玩家而言也容易上手操作。」

「看來年紀大的不太適合參加。」

「那倒未必。扶老攜幼，帶眷參加的組別也不少，我們不強調輸贏，讓組員集思廣義解謎，凝聚親友間的情感才是重點。況且即使遊戲破關了，也不必急著刪除ＡＰＰ，依然可以如常進行美食或景點推薦等聊天互動。」

「我知道了，將生硬的知識變成有趣的體驗，達到寓教於樂。」

「沒錯，但六道關卡還是涵括了遊戲的六類玩法：操作、解謎、探索、選擇、競爭、創造。」

「這我有興趣，改天我也來體驗一下。」孫幗芳看著海報上的說明，問道：「若大家都往第一道關卡去解謎，不會擠在一起嗎？或著跟著別人走就闖關了？」

「不會的，每組的路線是隨機的。」

「由ＡＰＰ亂數產生？」

「聰明！所以各組要闖的每道關卡會分散，但還是在規劃的六道路線上，只有一道要經選擇，決定選哪一個商家。」

「商家太多？」

「這次有十幾家商家要贊助，我們先挑了包粽子、咖啡豆烘焙、蜜餞製作以及彩繪瓷偶試辦，若成效不錯，再加進捏陶泥、做乾燥花香包的商家。」

「聽起來很好玩，可惜只能由電腦決定選哪一家闖關？」

「呵呵，這樣才能分散人潮又不會對商家顧此失彼啊，而且民眾喜歡還可以訂購宅配到府。」

「難怪店家都想參加。」

「總會佔據他們的營業時間嘛，幸好大家願意配合。」

袁課長喝了一口自己保溫瓶裡的茶，再繼續說：

「在活動範圍還會安排穿背心的小天使引路、關主解說（或自行看ＡＰＰ的導覽解說）及發道具。」

「若真的解不出謎題呢？」

「向LINE聊天機器人求救啊！我們不會設計得太艱澀啦，否則就失去意義了。」

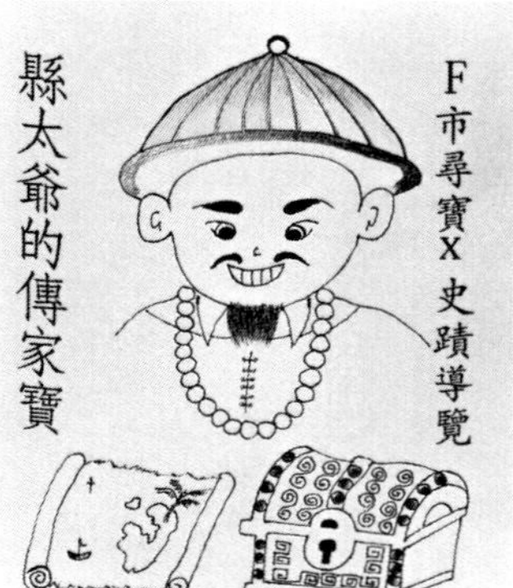

縣太爺的傳家寶

遊戲地點：F市中西區，從福隆宮出發

開放時間：09:00~17:00 ?(查休館日)

遊戲時間：約3~4小時 ?(查統計排行)

☞尋寶目標：傳家寶物

縣太爺遺失了一件傳家寶物，他貼出公告懸賞可幫忙尋找寶物的人。小偷可能藏在幾個地點，玩家可以憑藉地圖、手機、遊戲包等線索去推理、解謎。請留意情境中的符號、對聯、告示牌、密碼等提示，只要解開遊戲上的謎題，就能前往下一個關卡，幫縣太爺找到遺失的傳家寶。

馬上購買	四人同行 $250元 /人	五人 $230元 /人	八人 $200元 /人
		六人 $220元 /人	十人 $180元 /人

◇◇◇

「想必您已知道大古井發現屍體的事了，我是專程來請教您的。」

「當然，偵查隊會登三寶殿，不是來找我們喝茶聊天的吧。」袁課長意有所指地說，「分隊長，這杯茶妳還沒動呢。」

孫幗芳不習慣喝外人請的飲料或泡的茶，但基於禮貌，還是端起來喝了一口。

「妳看喔，除了福隆宮及四家商店，另外五個關卡分別是觀光工廠、名人紀念館、大古井、民俗文物館、百年教堂，歹徒會把屍體藏在大古井，誰料想得到？」

「這種走動式導覽，結合文化景點、街區店家，確實能讓民眾以多元趣味的方式認識本市的過去文史與未來展望。」孫幗芳說得含蓄得體。

袁課長則想辨白，道：「所有關卡白天都有人走動，晚上上鎖，除了……，」

孫幗芳放下杯子，接著袁課長的話說：「除了大古井？」

袁課長苦笑著臉。

「冒昧請教您，設計的廠商、參與的民眾、甚至是貴局，有可能有人利用闖關遊戲殺人嗎？」

袁課長愣了半晌，知道她不是在開玩笑，沉吟了一會後答道：「我們也不會和專業的工作坊搶飯碗，搞複雜的角色扮演或密室脫逃那一套。」

「像『誰是受害者』那一類的？」

「妳應該猜得到，角色扮演或密室脫逃『只是』有『可能』被利用或設計成殺人場所。一些真人實境推理遊戲還特意設計吊詭的犯罪疑屍讓人闖關咧，就有人會揪一些同好來解謎，過過偵探癮。」

袁課長似乎仍語帶保留。

「但在遊戲中真的殺人倒是令人匪夷所思，就算計畫很縝密，可是死者不是很快就會被發現嗎？凶手不就會被鎖定是哪幾個？那是推理用的啦！」

「就像專為柯南辦案設計的？」

儘管希望不大，孫幗芳臨走前還是跟袁課長要了文化觀光局承辦人、委外廠商及最近兩梯次參加民眾的名單。

「課長，大古井發現屍體，你們的活動還辦不辦？」

「說到這，還得感謝媒體的報導呢。人性對於愈恐怖、愈神祕、愈刺激的事愈趨之若鶩，接下來的幾梯次名額都滿了。」

「這麼誇張？對了，縣太爺的傳家寶到底是什麼？」孫幗芳好奇問。

「講了妳可不能洩漏出去喔，縣太爺的傳家寶就是『**誠無悔，恕無怨，和無仇，忍無辱**』這十二個字。」

6

汪治邦的女兒汪淑娟從W市趕回來，直接和孫幗芳約在社區大樓的大廳見面。她開家門讓孫幗芳和侯霆煜進入後，情緒就一直起伏不定，或許是喪父之慟尚未平復。

汪治邦十年前喪偶，女兒嫁到W市後就一個人獨居在近三十坪大的老房子。

「我爸老是說一個人住這麼大的空間太浪費了，每個月還要繳一筆管理費，一直嚷著要賣掉，換到低樓層，不用管理員的公寓。」她神情黯然，幽幽的說。

玄關有座鞋櫃，鞋子不多，都是男性的鞋子，三人在此換上室內拖鞋。

厚重的窗帘將陽光阻隔在室外，汪淑娟打開客廳電燈，也不想再費力去拉開窗帘。

「房子買好久了，記得沒錯的話，我小學三年級就搬進來了。」

孫幗芳環顧屋內一周——標準的三房、兩廳兩衛、一陽台的小家庭規格。

「依現在的房價，能買到2＋1房就要偷笑了。」

汪淑娟似乎看出孫幗芳的心思，現在的房子貴得離譜，和二十幾年前的房價比起來，簡直是天壤之別。

廚房有一道塑膠拉門可和客廳隔開，一台老舊冰箱佔了一塊空間，碗盤收拾得很整潔，看不出有開伙的跡象。

屋內擺設頗為簡潔，客廳除了一組舊沙發、電視架和茶几桌外就沒別的家具。電視架上有一台半新不舊的液晶電視及一堆藥、幾盆奄奄一息的綠色植栽。

汪淑娟從冰箱拿出兩瓶鋁箔裝飲料給孫幗芳兩人，開口道：「我先生家在經營自助餐廳，偶爾有空我才會帶小孩回來住幾天。」

孫幗芳基於禮貌性，說：「不用客氣啦。」

她首先表達對汪治邦的哀悼之意。徐易鳴說過汪治邦的胃或肺有毛病，就詢問起汪淑娟關於她父親的病情。

汪淑娟望向那堆藥，嘆了氣說：「胃癌第二期。兩年前他覺得胸悶，老是喘不過氣來，我勸他去做健康檢查才發現的。他還說從不覺得胃有什麼不適或吃不下，怎麼會是胃癌？」

侯霆煜在一旁拿出筆記，寫下重點。

汪淑娟有點哽咽的說：「胃癌第二期的存活率有50%，他又很配合醫師的囑咐，按時吃藥按時回診檢查。要說他會自殺我是不相信的，因為……，」

孫幗芳不想打斷她。

「我爸不可能自殺的，他怕死怕得要命！」

汪淑娟說得很果斷。

孫幗芳試著安撫她，同時告知：「法醫判斷令尊是被人捂死的，我們調閱過三天前大樓的監視畫面，並沒有發現可疑人士出入。」

「這正是我要跟您說的，」汪淑娟邊說邊從皮包裡拿出一封信，「昨天收到的，信封上寄件人與收件人地址等等的筆跡我認得，是我爸寫的，信封裡面只有一張紙。」

> 淑娟：
>
> 我近來一直睡不好，病情又復發了，整天疼痛難耐。
>
> 不要為我悲傷，後事簡單就好。
>
> 沒什麼可留給妳和小敏的，記得保險單去處理好。
>
> 父汪治邦 絕筆

◇◇◇

「遺書會用打字的嗎？沒有押日期也很奇怪？汪治邦的女兒還說，她爸爸的名字是『治邦』，不是『治邦』，不仔細看還以為是『治』。」

孫幗芳和侯霆煜在高子俊的辦公室研究那張汪治邦打字的遺書，經過指紋採集，只比對出他和汪淑娟的。

高子俊說：「是故意寫的還是順手把三點水帶過去？侯溜，你再去福隆宮調他的簽名筆跡，順便看有沒有辦法拿到帳冊。」

「是！」侯霆煜很省話。

孫幗芳則質疑說：「他的病情若復發，怎不會跟自己的女兒說？醫師都說了，他的病情一直在掌控中，不太可能就迅速惡化。況且徐法醫也判斷死因是被捂死的，沒聽過自己捂死自己，我認為他殺再被棄屍的可能性有九成多。」

高子俊看向侯霆煜。

「我也認同。」侯霆煜接話。

「好。凶手故佈疑陣的可能性越大，殺人動機越不單純。對了，忘了跟你們說，賴信鴻立委曾致電給局長關切這件案子的進度。」

高子俊忽然想起有這回事。

「現在立委的服務都這麼好啊，活人死人都關切？」

「應該是汪淑娟去拜託的吧？我猜啦。」

◇　◇　◇

侯霆煜和楚芸到福隆宮找汪治邦的相關資訊，結果是踢到大鐵板。

「我上次多嘴跟你們王小分隊長拉哩拉雜講太多，欸，他回去沒跟你們說啊？開玩笑，帳冊怎麼可能給。」

「兩位真是青年才俊啊，年紀輕輕就當了警官。」

「我們的財產及法物都有向『該管地方官署』呈請登記，內政部的《監督寺廟條例》寫得一清二楚，你們既不是經濟部、財政部，憑什……，而且外界的捐贈款也都有公開讓捐贈者可以查閱。」

「你要汪會計的簽名筆跡我弄給你就是了，汪會計前腳剛走，我們還在傷腦筋如何查帳、如何交接，你們後腳就來為難我們嗎？」

楚芸把福隆宮趙主委說話的語調、神態，如何不悅、如何虛與委蛇，說得活靈活現。孫幗芳笑得樂不可支：「薑還是老的辣，你們就當學一次經驗吧。」

「分隊長，我回來後上網查過了，全台目前約一點五萬間宮廟寺院雖然受《監督寺廟條例》管理，主管機關約每半年查核寺廟財務一次，但是沒有罰則。」侯霆煜向孫幗芳報告，「寺廟若沒將香油錢、點光明燈的錢列冊或不登記，主管機關不也拿寺廟沒轍？」

「嗯哼，那可多著哪，幾年前某間宗教團體就爆發年收支近百億，但財務報表卻連一張A4紙都不到的事，匪夷所思吧？」

「可不是嘛，早就已不合時宜的條例沒人敢修法，只是衍生更多管理亂象罷了。」楚芸氣得嘟嘴說。

「不能請檢查官向法院聲請搜索票搜索？」

「有困難度。某縣市曾發生寺廟內部兩派人馬相持不下，無法確定主任管理委員。檢察官出於案件偵查上之需要，向法院聲請搜索票搜索卸任主委及其他占有寺廟財產之人的住處，並扣押屬於寺廟之財物，想查明廟產現況。結果呢？」

孫幗芳等著侯霆煜和楚芸回答。

「檢察官被告貪污收賄？」

「Bingo! 好了啦，別氣餒，至少你們拿回汪治邦的簽名筆跡，我們可朝他殺去偵查，是否與人結怨、仇殺、財殺亦或……。」

7

美術館今天入館參觀的人不多，三三兩兩在各展館之間閒逛。M展廳這個月展示雕塑家葉鈺杏的作品，十幾件作品經過精心布置，分散在展廳各處。她擅長青銅及大理石的抽象意念造形表現，立雕、浮雕都難不倒她，可從各種不同的角度觀賞半立體形態，或在平面上將形態雕塑出不同的深淺層次的浮凸效果。

廖志昌神情有些萎靡，一個人恍恍惚惚地走進M展廳。他悠晃了一下，走到作品名稱為「混亂の世代」的青銅雕塑前面，佇足了十幾分鐘。

這是一件兩男兩女纏綿交疊在一起的作品，展示說明牌寫著：混亂的世代，男女生理構造已融為一體，不再有性別之分，人類將以無性生殖繁衍。

他突然從背包裡拿出一把刀子，不由分說就往雕塑猛砍。在一旁觀賞的一對男女見狀，女的駭然尖叫，男的想上前制止，卻被女的拉住，急往出口奔去，其他民眾也驚嚇得紛紛走避。

廖志昌見大夥人亂成一團，腎上腺激素飆升，神色越顯見興奮不已，刀子就轉往最靠近他的一個中年男子及不知所措的女子揮去。

約莫五分鐘左右，美術館的警衛將廖志昌包圍在「混亂の世代」十公尺的半徑範圍裡。

康維派出所將神志不清的廖志昌暫時羈押在所內，他的身上沒有任何證明文件，員警費了一番功夫才查到他是K市市民，該警勤區的董姓巡佐回報，廖志昌是該區的累犯。

「被判處過刑罰嗎？」

「有兩次，都吸得迷迷糊糊的。一次是猥褻一個女學生，還拿刀子威脅人家，幸好被路過者及時發現。一次是搶劫路過的民眾，他辯稱是要問路被嘲笑才動手，都被法官以廖員罹患『情感型精神分裂症』判處無罪，只處以強制就醫三年。」

「所以只能稱是慣犯？怎麼那麼像罹患『思覺失調症』被判無罪？」

「廖志昌今年四十五歲，早先專門承包大樓建案的油漆工程，豈知他好高騖遠，幾年前開始借信貸去投資失利，又去地下錢莊借錢，搞到老婆小孩都跑了。」

董姓巡佐在電話中說，「他具有明顯憂鬱或興奮狀，但無病識感，還有被害妄想症，感覺外人要控制他、要害他。藥物處方控制若得宜，就自行停藥，開始吸毒。」

「有可能這次跑到我們F市來買毒品又攜械行凶殺人？」

◇　◇　◇

《嗆辣NewNews》電子報快訊／美術館驚魂　又見精神患者行凶

昨日在美術館持刀行凶的廖姓兇嫌還被羈押在派出所，本傳媒據可靠線索提供，該員是K市市民，平日有吸毒惡習，還罹患「情感型精神分裂症」。

兩名被砍傷的參訪者傷勢都不甚嚴重，經醫院處理包紮後已無大礙，也都不想再提出告訴。至於被損毀的作品是雕塑家葉鈺杏的「混亂の世代」，美術館發言人表示，參展的作品都有投保高額保險，是否提告賠償或如何修復，館方還在與人在法國的葉女士商議。本傳媒也會設法聯絡到葉女士，一有最新消息，將馬上為您做最新報導。

此外，大家都在關注的議題就是：公設辯護人是否仍會以「精神失能」抗辯而讓法官判處廖姓兇嫌無罪？

就讓我們拭目以待，並請持續追蹤本傳媒的快訊。

◇◇◇

「是卡西酮類毒品，從廖志昌近頭皮端的四公分毛髮驗出的。」

孫幗芳把檢驗報告呈給高子俊看。照理說這種案子不用偵查隊介入，但偵三隊掌握一樁毒品交易，盯梢已久，也許廖志昌正好涉及，可一起分進合擊。

「局長猜得沒錯，本市毒品的黑市交易早該整頓掃蕩了。」

「是啊，卡西酮類毒品是屬於中樞神經興奮類毒品，從他在美術館的言行舉止就可略窺一二。」

卡西酮類毒品是近年來成長最快的新興濫用毒品，毒品通報案件比海洛因及甲基安非他命高，服用後會誘發吸毒者產生幻覺、亢奮、思緒混亂，甚至產生躁動、暴力、妄想等急性精神病症。過量使用時可能會引發高燒、胸痛、心搏過速、四肢麻木、肌肉僵硬。

知名的W飯店小模命案就跟卡西酮有關。

「廖志昌說毒品是透過網路通訊軟體LINE群組購買的，他和對方約在文成街的麥當勞交易，買了『兩人份套餐兩千五百元』，兩人份是指兩公克。」

「去調監視畫面看能不能抓到藥頭。」

「他說對方戴口罩、帽子，早就先一步在等他，等他一到就把藏在空薯條盒裡面的『喵喵』[5]給他看。他把錢遞過去，對方瞧了一眼也沒數，拿了錢就站起來離開，根本來不及打上照面，話也沒說上幾句。」

「局長要我們和第三分隊合作，查緝毒品來源，正好甄分隊長剛調過去，應該可以協同合作。」

[5] 人工合成卡西酮類毒品高達四十六種，其中以Mephedrone（俗稱喵喵）檢出最多。

8

前幾週老闆跟我說，汪治邦擋人財路，貪得無厭，該殺！

「這幾年什麼甜頭沒讓他吃過，好處沒拿過，竟敢要脅老子，我要是答應了，豈不成了王八龜孫子？」

老闆對著我大發雷霆，氣極敗壞的說。

「他說他已是胃癌二期，雖然存活率有五成，但不能不為將來打算。多年來為我做牛做馬，少說也值……，」老闆沒說出數目，「你知道他要多少嗎？」

我搖搖頭，隨意伸出五隻手指頭。

「錯！是這麼多。」

老闆伸出兩隻交叉的食指。

「一千萬哪？」

我發出嘖嘖聲，難怪老闆會不爽。

「一千萬！哼！他當我在開銀行嗎？」老闆盛怒猶存。

「安家費值一千萬嗎？」我問。

「他點到洗錢的事，雖然沒膽量說要公諸於世，但司馬昭之心我會不知道？以為這樣就可威脅我，我就會妥協。幹！」

「吃相的確難看。」

汪治邦是透過熟識的人牽線才認識老闆的，談著談著，又發現汪治邦是老闆小時候的同鄉，兩人相談甚歡。加上老闆的身分地位，汪治邦覺得應該罩得住，從小額操作再慢慢加大籌碼，等到得心應手，就更加有恃無恐了。

老闆的錢以企業捐款方式捐給福隆宮，再由汪治邦擔任「掌櫃」，分批次轉到老闆指定的戶頭，不管是化整為零的處置、多層化掩飾、整合彙整，一向都妥妥當當的。儘管政府大力掃蕩，但拜科技之賜，也有了更多新形態的「斷點」，讓金融犯罪無法被追蹤，雙方多年來合作無間。

老闆拿出一張廟宇收入結構圖給我看，廟宇戶頭幾個區塊的收入都歸到董事會以私人帳戶名義控管，難怪這塊大餅老闆如此重視，他的錢豈容被他人污掉？為老闆除去在背之芒，我是義不容辭的。

「老闆，除掉汪治邦，那福隆宮這條線怎麼辦？」

「安啦，我的棋子又不只汪治邦這一枚，能殺雞儆猴，犧牲一枚棋子算什麼。」

◇◇◇

廟宇利益收入結構圖

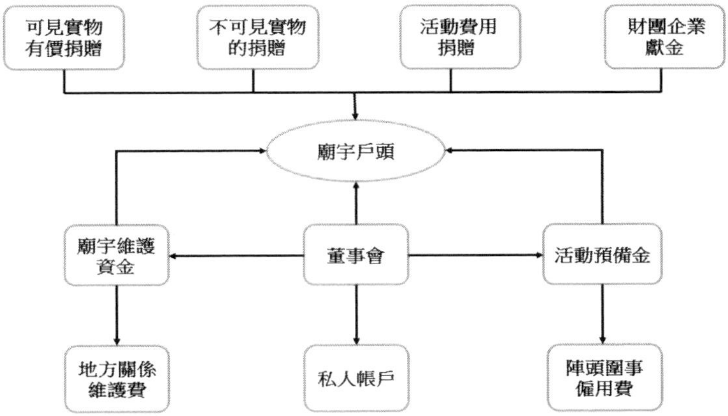

汪治邦內心暗自竊喜，沒想到老闆答應得這麼爽快。跟他那麼久了，沒功勞也有苦勞，沒給個一千萬，少說也八百、五百的。人不為己，天誅地滅，除了看病要花錢，總還要給淑娟和小敏留點生活費。

他知道女兒生活過得也不怎麼好，老公好吃懶做，開個自助餐廳卻有一搭沒一搭的，好像都丟給淑娟一個人他就可以不用管了。

只是汪治邦沒料到，他正踏入老闆為他設下的死亡陷阱。

◇ ◇ ◇

我不想留下通聯記錄，就直接到福隆宮找汪治邦，說老闆要和他喬事情。我約他來我的住處，他也不疑有他，如期赴約。汪治邦大概以為老闆同意要給他一千萬，一派輕鬆的喝下已摻入安眠藥的伯爵茶。

「咦，你把我的手綁起來要幹什麼？」

汪治邦沒過多久就醒了，看著雙手被我用束帶綁著，掙脫著說。

「欸，你很不上道喔，老闆平日待你不薄，哪裡虧待你了，你竟然貪心不足蛇吞象，獅子大開口要一千萬？」

「也沒有啦，我只是和他打個商量而已。」

汪治邦跟我打哈哈。「鬆綁啦，別鬧了。」

我拿出事先打好的字條要他簽名，再在信封上寫下他女兒的姓名地址，他一看內容就大驚失色，一顆頭搖得像波浪鼓。

「卡阿莎力耶，簽一簽吧。伸頭一刀，縮頭也是一刀，乾脆點我好對老闆交代，你也少受點折磨。」

「錢我不要了，求你放了我，拜託你……，拜託你跟老闆說，我再也不敢造次了，我發誓，真的。」

他哀求我說，語氣開始哽咽，知道我不是在鬧著他玩。

我不為所動，老闆既然已起了殺機，就容不得他還有機會撒野。只是他似乎寧死不簽，怕簽了就無法挽回，就會大勢已去。

這是一隻僅三萬伏特的電擊槍——他應該承受不了高威力的電擊——我也不想留下太明顯的傷痕。只是沒想到他還挺耐得住的，被電了兩次還不肯簽。

「你不簽也可以，我找你女兒去，聽說你孫女今年要上小學了？」

我使出最後的殺手鐧。濫殺無辜不是我的本意，但老闆若下達指令，我還是得達成使命。

他沉吟了一會，眼淚開始簌簌而下，一直哀求我，但我仍不為他的哀兵策略所動。任務若無法達成，倒楣的會是我。

當他簽完一落筆，我的左手就從他身後勒住他的脖子，另一隻手從口袋掏出一條小毛巾緊緊捂住他的口鼻，我力量之大，自己也嚇了一跳。他用手本能地要掰開我的手，只是不知道應該先掰勒脖子的，還是先掰捂著口鼻的手。

就像不會游泳的人溺水了伸手亂抓，哪怕抓住一根浮木或稻草都好。

我當然不可能讓他抓到我，在指甲內留下皮屑或其他的生物跡證。

他從嘴裡發出嗚嗚的聲音，身體的每一處肌肉都因為恐懼而繃緊，蹬著雙腿、扭動身軀，使盡全力想掙脫，我的心臟也狂跳起來。我這雙手臂顯然還是健壯的，他還沒暈厥過去前，我的手哪會讓他掰得開。

我沒有任何鬆開手的意思，雙手越發用勁，並用身體抵住他的後背，沒幾下子他就幾乎窒息了。

我在他耳邊輕聲嗡動地說，「閉嘴！安靜些！不要喊！噓，噓！」

再僵持了十秒，被我箍住的身體儼然不動了，我才鬆開捂著他口鼻的手。我突發奇想，把那天在福隆宮順手抽的籤詩其中一張擦掉指紋，再放入他的褲子口袋。

下一步要怎麼走？我得想想。

9

甄學恩接獲線民回報，跟監多時的藥頭今晚會在「WowCow Lounge bar」交易。

這名麥姓毒品藥頭平時藏身於一棟門禁森嚴的公寓大廈內，並以晝伏夜出方式交易毒品，警方兩次埋伏跟監都無功而返，本想等蒐證齊全，時機成熟時再持搜索票將他一舉擒獲。

Lounge bar是近幾年興起的一種酒吧，它的本意是「休息室」，所以Lounge一般所呈現的氛圍是那種懶洋洋的、沒有壓力的放鬆生活。在裝修風格上，Lounge偏向於使用沙發和矮桌，音樂上往往播放chill-out（弛放音樂）或者trip-hop（神遊舞曲）。

不像夜店有偌大的舞池、昏暗迷幻的燈光，人們在酒精和音樂的催化下放下偽裝、回歸真我——舞池裡群魔亂舞的紅男綠女，每桌喝得爛醉的曠男痴女，想要釣一夜情的孤男寡女——一個典型的紙醉金迷場所。若再加上毒品的助興，那可真的是fucked-up（瘋了）。

大概是警方查得緊，他為躲避風頭才轉移販毒處所吧。

甄學恩帶著自己分隊的偵查佐邱芝蓉和第五分隊的小葉一起執行這次任務。WowCow Lounge bar的入口隱藏在巷弄之間，經過時還以為這只是間夾娃娃機店呢，光是看門口絕對看不出來這是一間酒吧。

「哇靠，這間WowCow裝潢也太時髦了吧？」

甄學恩之前執行任務時，酒家、夜店也去過好幾間了，只是風格不同，裝潢一家比一家奢華，這是他第一次到這種場所，竟像劉姥姥進大觀園。

「分隊長，你還沒看到每一間包廂哩，就像很多摩鐵一樣，每一間包廂都有他們的特色和主題。」

小葉像識途老馬般介紹。他今晚特意把妝容畫得頹廢些，看起來像個毒蟲。

「你是老司機啊？難不成還有滑水道和沙灘、泳池？」

「哈哈，沒那麼誇張啦。這間我來過，我們年輕人很愛來。」

「你們年輕人？我是有多老？」

小葉碰了一鼻子灰，只能尷尬的嘿嘿一笑。

WowCow Lounge bar的戶外座位區是具歐洲風情的露天吧台及沙發座位，包廂有的像野外狩獵小屋、有專為女生打造的歐式古堡風、也有傳統英式酒窖風格的，還有一個專屬的VIP包廂，連綻放夜櫻都可擺進來，讓人夢似繁花，感受幽微如詩。

甄學恩坐在包廂外的吧台區，點了一瓶海尼根啤酒，留意著吧台區周遭客人的動靜。邱芝蓉和小葉兩人則待在一間磚牆、有粗獷風管以及網狀鐵架，具工業風的包廂，等待獵物出現。

WowCow的酒保邊調客人點的酒，邊看著監視畫面裡每間包廂的動靜，只要一有風吹草動，他就會立馬通報甄學恩。

◇ ◇ ◇

「少年耶，你一個人啊，沒人陪你喝？」

一個打扮入時，頗有幾分姿色的少婦，一屁股就坐到甄學恩身旁空的高腳椅上，手裡還端著一杯快見底的柯夢波丹（Cosmopolitan）[6]。她穿著一襲連身粉紅色洋裝，衣服上有簡單的英文字搭配，時尚又不失老氣。

甄學恩左瞧右看，一時搞不清楚這位輕熟女是否在跟他說話。

「請你喝一杯如何？」少婦開口道，「看你一個人坐在這裡好久了，等的人還沒來？還是……？」

見鬼了，甄學恩心想，老子都四十好幾了，還被人叫少年耶，妳是眼花了還是喝茫了，但心裡滿爽的。

「是啊，一個人，來喝酒解悶。」甄學恩回道。

6 淡粉色的「柯夢波丹」是酒吧或夜店的經典調酒，以伏特加為基酒，混合橙酒、蔓越莓汁、檸檬汁，酒液呈現浪漫性感的粉紅色，帶有甜甜的果香。影集《慾望城市》中女主角最常點這款酒，而使它聲名大噪，成了都會輕熟女的代表。

「以前沒見過你耶，工作不順？」

「嗳，被上面的罵到臭頭。」

甄學恩順著她的話瞎掰。

「難怪，」婦人說著說著身子不自覺就挨了過來，同時跟酒保點了一杯柯夢波丹。「只喝啤酒啊，幫你點一杯如何？喝哪一種基酒，Gin、Vodka、Tequila、Rum還是Whisky？」

「蛤？喔，啤酒就好，謝謝。」

甄學恩搞不清楚調酒的種類，不敢亂點，就怕喝出亂子。

「一個人出差很無聊吧？乾馬丁尼如何？」

一隻手搭上甄學恩的左肩，他頓時詫愣了一下。

「呵呵。乾……馬丁尼？」

「就Dry Martini啊。」

「馬丁尼還有分乾的、濕的？」

「你好『古意』喔，馬丁尼有Dry Martini、Dirty Martini、Perfect Martini[7]三種，你是真不懂假不懂？」

---

[7] Dry Martini是一款琴酒與苦艾酒調製的雞尾酒，以橄欖或扭轉檸檬皮做裝飾。Dirty Martini在原本的馬丁尼中加入橄欖鹽水或橄欖汁，裝飾物主要以橄欖為主。Perfect Martini則在馬丁尼中加入1:1的不甜香艾酒與甜香艾酒製作而成。

甄學恩感到腎上腺激素急飆，平時什麼大風大浪沒見過，酒量也不差，但多數是喝啤酒，頂多是紅白葡萄酒，今晚可不能栽在這節骨眼上。

「那就乾的吧。」

酒保很快就送上兩杯酒來。

「Cheers!」

甄學恩舉起酒杯輕啜了一口。

「呃，」少婦故意嬌羞地打個嗝，「你要一個人整晚耗在這裡嗎？」

甄學恩從她的眼神瞧出了幾分。

「喝完就要回去了，上頭要的檢討報告八字還沒一撇呢。」

「那，有沒有意思……？」

少婦的手不安分的摸著他的大腿。

「不好吧？」甄學恩扭捏起來。

「怎麼？怕對不起老婆？瞧你左手的無名指，應該結婚了吧？」

「呵呵呵。」甄學恩只是逕自尷尬地笑著。

時間彷彿停止了轉動。

「算了。真掃興！」那少婦說完，扭頭向甄學恩背後一桌同樣風韻猶存的兩名少婦比了個中指。

「我和我的閨蜜打賭可以釣上你，你害我輸了今晚的酒錢，不過……，和你相談甚歡，還是謝謝你啦！」說完就往那桌邁步而去。

「幹，老子竟成了貴婦們打賭的籌碼，簡直是陰溝裡翻船。」

甄學恩咒罵著自己，心想，要是剛才的情景被王崧驊那老小子瞧見，豈不是要被大作文章。

◇◇◇

「目標出現了。」邱芝蓉一個眼尖，向小葉打了個pass。

藥頭剛從某一間包廂走出來，正往男廁走去。

「教你的黑話都記得吧？」

邱芝蓉再三向小葉求證，就怕他會露出馬腳。

「安啦，我都背得滾瓜爛熟了。」

小葉等了兩分鐘才走出包廂，跟著藥頭走進廁所，經過吧台時，他給甄學恩使了一個眼色。

藥頭解完手正在洗手，小葉假裝不經意的也要洗手。

「嘿，聽我朋友說，你有在賣褲子（K他命）和衣服（安非他命）？」

藥頭抬頭看了小葉一眼，「哪個朋友？」

「上東區的ちん桑，陳秉逸。」

「陳秉逸，上東區的？」藥頭思量了一會，把水龍頭關掉，甩了甩手，再走向幾間大號間，要確定沒有人在裡面。

「是有賣衣服喔。」

「衣服髒不髒（純度如何）？」

「放心，不髒，不用洗（很純，沒有亂加東西）。」

「不賣褲子啊？」

「賣褲子沒搞頭，我還有喵喵。」

藥頭看小葉好像對K他命沒興趣，急著推銷卡西酮類毒品。

「細的還是粗的（一級品還是二級品）？」

「放心，絕對不是普貨（二級品），是螞蟻蛋（純度高的毒品），有摻雜微量褲子、衣服，你要咖啡包、奶茶包還是糖果包？也可以依套餐買。」

小葉裝作慎重其事在思考的模樣，抿著嘴不發一語，克制著獵物到手的歡喜情緒，同時也在盤算是否要通知甄學恩和邱芝蓉進來逮人。

「要多少？第一次見面嘛，算你便宜點，給個人情價。」

「怎麼賣？」

「咖啡包和奶茶包一樣，一包五百，糖果包便宜些。套餐可分兩人份、四人份、八人份到十人份，從兩千五、四千五、九千到十K都有。」

小葉點著頭，表示瞭解了。「衣服呢？」

「衣服有81仔（0.47公克）和41仔（0.94公克）兩種包裝，各兩千和四千元。」

小葉故意掐了掐手指，假裝在算數量。

「我要十包喵喵咖啡包、五包41仔、一手（五公克為一手）細仔（海洛英），有現貨嗎？」

「細仔你也要？」他的眼睛亮了起來。「開玩笑，走，去遊車河（藥腳上藥頭的車後，車在路上亂繞，於車上交易）。」

◇◇◇

甄學恩聯絡王崧驊要跟緊一點，他和邱芝蓉也小心翼翼地尾隨在目標的車子後頭，他們不確定目標有沒有武器？有多少幫手？小葉有沒有可能被識破手腳？逼不得已時會不會發生槍戰、街頭火拼？

「除了安公子（安非他命）、細仔和喵喵你還有什麼好貨？」

小葉和坐在駕駛座上的目標聊了起來。

「疫情前搖頭丸、老鼠尾巴（捲成香煙狀的大麻）在夜店和PUB很好賣，有沒有興趣？」

「都怎麼來的呀？」

「你要多少？貨源沒問題。」他就是不說貨源的來處。

「也不知道是不是真的不髒？」

「安啦，我的貨有掛保證的。對了，你要的還不少，不會你一個人拉K吧？要賣的？」

「我家老大叫我買的。」

「你們老大？」

「きょ桑，混中西區的。」小葉信口胡謅一番，差點穿幫。「他和上東區的ちん桑很熟。」

目標從WowCow Lounge bar出發後，一路上車子開得戰戰兢兢的，不敢超速、闖紅燈，一直從後視鏡觀察有沒有人跟車，繞了好幾條巷弄才停在「旭日東昇」大樓對面的停車格。

甄學恩當下就一馬當先跳下車，王崧驊也不落人後，車子緊跟而至。

當幾把槍同時對準麥政偉時，他驚訝得下巴差點掉下來，而他的手上正拿著從後車廂取出的幾包安非他命和海洛因。

10

原以為可抓到大鯨魚，卻只撈到小蝦米。

警方在麥政偉住處搜出二十點五公克安非他命、一百包裝有喵喵的咖啡包、三台電子磅秤、K他命毒品殘渣袋、吸食器和一個制式彈匣等證物。

現今毒販都不用電話交易，網路交易方便多了，他的毒品來源就是利用WeChat通訊軟體的「支援版」其中一個「三民全家我最行」聊天群組搭線的，群組成員超過兩百人。

當他要貨時，會發訊息說明需求，藥頭看到會再私密他。

他招供說，群組上常見的毒品術語有「紅豆湯」（一粒眠）、「貢丸湯」（搖頭丸）、「小惡魔」（毒品咖啡包）、「梅C小姐」（可以沾番茄、芭樂的毒梅粉）、「悠閒」（K他命）等。

藥頭的廣告則除了「衣服不髒不用洗」，還有「霧面銀色公仔限量出爐」（全新銀色包裝的毒咖啡到貨）、「超優軟糖，能吃能睡能跳」（毒品質量好，吃了沒副作用）。

至於如何交貨他也如實不諱的說了。

他們會採用「面交方式」、「路會拾遺」或「海角七號」幾種方式，也就是分別為「一手交錢一手交貨」、「雙方不碰面，藥頭收錢後把毒品棄置路旁，電告藥腳拾取」或「雙方不碰面，把毒品放入信箱或置物櫃，電告藥腳取貨放錢」。

他並不知道藥頭的上游是誰，但有聽說是採「黑色豪門企業」方式（首腦不出面，企業化經營，車手分三班制全天送貨）交給中盤。

「交貨時我們也會有人『照水[8]』，看是否『水來嘍』？若被『掛線』、被逮，就只好『認柱』了。」

麥政偉頹喪的說著一口道上黑話。

「就像這次一樣。」

麥政偉家有老小，他答應當線民，改列污點證人以獲得減刑，檢舉獎金則不是主要誘因。

「你提供給我們的情資若屬實，將來可成為法院審判依據的話，我們會向檢察官事先報備、開庭具結，說你適用《證人保護法》、登錄備案。」

甄學恩向麥政偉曉以大義。

「但我們只能隱瞞你的身分，無法提供保護，這點你要想清楚。重要的是，我們絕不會提供多餘毒品給你來換取情報。」

8 道上黑話。照水：把風、水來嘍：條子來嘍、掛線：被監聽、認柱：認命。

「分隊長，現在網路交易大多有跡可循，只要掌握時機、耐心等待、監聽，就能抓到毒販，還要養線民嗎？」邱芝蓉提出疑問。

「我雖然剛調過來，但我知道光是申請監聽票、製作譯文、釐清內容或暗號就要耗費多時，很繁瑣的。只要我們謹守分際就好，沒關係，我會跟隊長報告、負全責的。」

◇◇◇

溫清凱沿著階梯拾級而上，還不時回頭張望，對方約這個時間、這個地方有點詭異，但他也不便多問。在疏淡的夜色下，只有幾盞要亮不亮的路燈把他行單影隻的身影照得晦暗晃動，偶有不知名的鳥啼聲此起彼伏，叫得他心慌意亂。

即使涼風習習，他仍爬得氣喘吁吁，背部已汗濕了一片。他停下腳步稍微休憩一會，拿出手機正想看一下時間，忽然天空一道閃電劃過，他抬頭一望，看來要下雨了。

一路上溫清凱都沒看到人，一則喜一則憂。喜的是不會被人瞧見，憂的是還摸不清對方的意圖。

心中正忐忑時，不知覺已走到約定地點。溫清凱只見他穿著一身黑，背對著自己說了句：

「你來了！」

◇　◇　◇

鑑識小組成員穿上全套防護裝，包括連身衣、醫療級口罩、髮網、防護手套及鞋套，他們得避免自己的ＤＮＡ污染現場，同時保護自己免受血液、嘔吐物、排泄物等生物汙染物的危害。

制服員警拉起包圍犯罪現場的封鎖線讓孫幗芳和侯霆煜、王崧驊等人進入，並記錄每個進出人員，以備列出任何污染證據的可能來源。

他們先簡單的套好紙鞋套及髮帽、口罩，等待鑑識組許佑祥組長做完跡證採集。

案發現場是向陽山松鶴亭旁一處隱密草叢。

向陽山臨近市區，交通方便，是一座海拔僅一百三十公尺的丘陵地形，保有自然生態環境的人工闊葉林，林相豐富，筆直參天，還有完善的步道階梯和數座涼亭，是市民休憩踏青的好去處，約莫兩個小時的路程即可登頂。

它主要的登山口共有三處：永明高中後門、慈靈祠、夫子廟；在ＹＴ大學澄明湖環湖步道也有條岔路小徑可進入。假日有不少登山客會造訪，但在昨晚下過雨後的平日發現屍體，著實讓他們引起一陣驚魂與騷動。

在封鎖線外擠成一堆看熱鬧的登山客，除了原本的五個，又多了幾位陸續走上來的，但未瞧見一向神通廣大的記者蹤跡。

制服員警在一早登山的民眾報案後沒多久就趕到現場，發現有人俯臥在離松鶴亭下方約三公尺處的草叢，已無生命徵象。

他回報勤務指揮中心請求支援，並先用簡易的相機拍攝到場後所見的情形、避免閒雜人等進入犯罪現場、保護跡證不被破壞，同時等候同仁帶封鎖線過來及鑑識小組與偵查隊抵達。

松鶴亭位於夫子廟主要登山步道前段、往右闢建的登山木棧道的終點，不用多波域光源（ALS, Alternative Light Source）掃描機，肉眼就可見有一道噴濺的血跡沿著亭柱往下滴落，滴到石椅子上、石板地上，上方則放著一號及二號證物號碼牌。

孫幗芳看著三號證物號碼牌是死者與涼亭之間一只裝有白色粉末的保險套，猜想是死者跌落草叢時掉出來的。

「是癮君子嗎？」孫幗芳開口，但不知在問誰。

她習慣自問自答，邊提出疑問邊解析案情。

「不像，我見過吸毒過量致死的毒蟲，知道他們是長什麼樣子。」侯霆煜倒先開口答了。

許佑祥組長做完跡證採集後，徐易鳴法醫和檢察官羅啟鋒也出現了。

「怎樣，來得早不如來得巧吧？」徐易鳴氣喘吁吁的說，「我都不記得有多久沒爬山了，累死我老人家了。」

「徐法醫，這只是休憩親山步道而已，您到的時候怎沒call我，我好抬轎子去山下抬你老人家上來。」

王崧驊一番話惹得大家一陣訕笑，也惹得徐易鳴對他翻白眼。

「有什麼發現？」羅啟鋒問。

羅啟鋒檢察官邏輯能力極強，心思縝密，長得又俊秀儒雅，是司法界的後起之秀，三十五歲前就破了幾宗大案子，屢屢登上媒體版面。媒體總是以炙手可熱的黃金單身漢、高富帥種種溢美之詞加諸在他身上。

但他的性向被八卦雜誌赤裸裸的挖出來後，逼得他不得不出櫃。

原本和醫師男友多年的情愫竟比不上從交友軟體認識幾個月的人，男友認為當感情昇華到像家人一樣，就無法再當情人了。即便羅啟鋒發了幾條委屈求全的LINE給他，開始是已讀不回，後來則是不讀不回。

孫幗芳悄悄的跟侯霆煜簡介了羅啟鋒，私人情感的部分倒是略過沒提。

「死者男性，約莫四十至四十五歲左右，屍僵已形成了。亭柱有噴濺的滴狀類橢圓形血跡，高約一百二十公分，若死者是坐著被割喉，血管的出口端與水平方向的夾角角度為正值，噴射方向是向上的，可能死者被抓著仰頭割喉也未必。」

許佑祥向大家做初步鑑識報告，邊說邊模擬凶手的行凶手法。

徐易鳴邊聽邊點頭表示認可，王崧驊倒是聽得一頭霧水，侯霆煜則不動聲色，莫諱不語。

他接著又說：「血液依照物理法則流動，從物體上緩緩滴落的鮮血若是以直角接觸地板，就會留下圓形痕跡……。」

許佑祥總是知道要故意停頓幾秒來強化案情，展現戲劇性的張力，一方面讓周遭辦案的人瞭解凶手犯案手法，達到勿枉勿縱。

「如果角度偏斜呢？」

羅啟鋒想了一下，問了這句。

「如果角度有偏斜，血跡會呈現橢圓形，多半是拳頭重擊或是鈍器所致。」

「橢圓形拉得越細長，代表衝擊的角度越小，假如物體表面的多點血跡如同輪輻般往外放射，可能是因為某一處受到一次以上的重擊。」

徐易鳴怕大家聽得不夠瞭解，也適時補上說明。

「現在新的科技已經可以將血液噴濺的角度輸入電腦程式，讓電腦繪製犯罪現場攻擊型態的3D模型喔。」

王崧驊抱怨說：「你們說的角度、方向，又是橢圓形，又是往內、往外的，太專業了啦。」

「叫你好好唸書偏不要齁？回去好好看書！」徐易鳴逮到揶揄他的機會了。

許佑祥再繼續報告說：「涼亭的血跡有些沿續到死者俯臥的地方，我認為是昨晚的雨把它沖淡了，胸膛前的血還沒全部乾掉，也有可能是因為他俯臥在潮濕的草叢上的緣故。

「有採集到幾組踩過下過雨的泥土、雜沓又不完整的腳印，不少是登山客的。脖子上的刀傷則請徐法醫來判斷。」

「死者旁邊那白色的東西是什麼？」羅啟鋒問道。

「喔，對。我覺得毒品的成份滿高的，待會要拿去化驗。」許佑祥補充說明，「另外在死者口袋也找到一個同樣用保險套裝的粉末狀物品。」

孫幗芳提出她的看法：「我覺得是毒品交易耶，只是不知何因雙方起了衝突，但若是黑吃黑，為何他身上的東西還在？」

「會不會只是要殺人滅口或是殺雞儆猴，毒品已不是重點。」侯霆煜也說出他臆測的看法。

孫幗芳趁機介紹侯霆煜給羅啟鋒認識。

羅啟鋒禮貌性笑著說：「我知道接甄分隊長缺的是誰，很高興認識你。」

徐易鳴補上一刀，「是啊，人家比某位小分隊長年輕有為，法醫病理學懂得也不少。」

王崧驊聽了老神在在，置若罔聞，大概平時大家都太熟識了，但侯霆煜則一臉通紅。

「沒找到手機，也沒有可資證明身分的證件。」許佑祥狐疑的說。

徐易鳴看著死者脖子的傷口是左高右低的，想了一會後說：「王崧驊，你過來坐這，我示範給大家看。」

王崧驊這會倒是乖乖配合，以不破壞跡證的動作緩緩坐下。

「死者全身上下就只有頸部這致命一刀，我認為凶手是站在死者後右側，右手持刀從死者左耳下緣劃過喉嚨前側，再於右耳處略微上揚。」

徐易鳴站在王崧驊身後，模擬凶手行凶的手法。

結束後徐易鳴又說：「而且創口是刺切狀，刃端有下拉的跡象。」

大家都聚精會神地盯著死者創口看，沒有多發一言。

半晌後羅啟鋒說話了：「徐法醫，刺切狀創口是如何形成的？」

「羅檢，這說明了刀子劃破喉嚨、割斷頸動脈和氣管時，被害者姿勢有變動，所以凶手劃刀與收刀的角度不一致而形成的刺切創口。」

許佑祥也補充說他在現場沒有找到犯案的凶器。

徐易鳴最後下了結論：死因確定了——失血性休克或被自己的血淹死——應該沒有解剖的必要了，等一下抽管血驗毒物反應。

於是羅啟鋒就請制服員警通知接體員，先把屍體運至殯儀館等待認屍。

11

私密給麥政偉的藥頭沒有如期出現，甄學恩好生失望。

即使有「數位採證中心」的成立，將毒品人口數據化，整理成資料庫，就算毒犯刪除手機內容，也能將他的手機資訊與資料庫做比對，找出曾經聯繫過的人、去過的地點、吻合的項目，串起販毒集團網絡。

然而，一則要線上即時監聽WeChat不可能，二則麥政偉的藥頭是否有建檔不得而知，且對方一旦將手機銷毀，檢警還是沒轍。

藥頭幾天前看到麥政偉發訊息說要貨，就以「憨憨小野貓」私密給名為「白蓮一生」的麥政偉，在線上談妥要購買兩公克安非他命及一公克K他命、價錢、交貨的日期時間。也講好等麥政偉將錢放在指定地點後，就會通知他以「路會拾遺」方式去指定地點取貨。

甄學恩安排好人力埋伏，等藥頭或車手出現提錢，就會一聲令下逮人。

但不知是走漏了風聲，還是被昨天那場雨給搗亂了？

◇　◇　◇

溫清凱兩天沒出現在辦公室，科長打去他家詢問，他太太說他要出差三天。她早就習以為常老公以業務機密不能透露訊息的理由了，出差期間除非有重要事由才會聯絡。

「沒有啊，他這幾天沒有出差吧？」

科長也不是很肯定，經查人事室才確定他沒有請公差假。

溫太太聯絡不上她老公，開始急得如熱鍋上螞蟻，科長也協助溫太太完成失蹤人口報案。

轄區分駐所由內部的電腦查尋系統展開通報與查尋，經過比對後，發現第三殯儀館兩天前收治的向陽山松鶴亭旁不明死者與溫清凱的特徵很像，加上他手機最後的GPS定位是在向陽山，就通知了溫太太前來認屍。

她的臉孔糾結，顯現出驚恐與悲傷。聽完她先生的死因，眼裡慢慢湧起淚水，接著放聲大哭，不得不接受這確切的事實。

溫清凱是調查局「毒品防制處」特機站的薦任六職等科員，死時身上及身旁保險套裝的粉末狀物品，經化驗後確定是兩公克安非他命（粉紅色保險套）及一公克K他命（淡綠色保險套）。

羅啟鋒檢察官聯想到是否和所佈下的麥政偉這條線的交易有關，認為事情不單純，也委實不信溫清凱會監守自盜。但只要有涉及刑案可能，就該立即陳報，依刑案處理程序展開偵辦。

因可能涉及調查局內部人員毒品交易，局長指示偵二隊與偵三隊聯合辦案，並由高子俊主導整個專案。

◇◇◇

簡報室裡氛圍凝重，一片靜默，只有冷氣壓縮機在共振時發出的轟轟聲。

高子俊則一臉肅穆。

他若眉頭深鎖，大家就知道案情陷入膠著或離水落石出還早得很，但今天從他臉上瞧不出任何端倪。

「聽說大家都有所斬獲？」

他首先開口打破沉寂，臉上也露出了笑容。「甄分隊長，來者是客，你先說說看。」

「高隊，別這麼見外嘛，我只不過是從樓上調到樓下罷了。」

甄學恩也不來客套話了，直接就說：「溫清凱這傢伙不簡單，監守自盜好多年了，現在雖然死無對證，但他趁值班時調包扣案毒品，再盜賣謀利確鑿是事實。他的手機最後不在身上，想必是被兇手拿走了，否則可查證他是否就是『憨憨小野貓』。」

講到這裡，他突然笑了，他解釋說怎麼也聯想不到一個大男人會取名叫憨憨小野貓。

孫幗芳提出她的觀點，她說：「WeChat的伺服器在對岸，我們要向他們調閱通話內容和語音訊息的封包技術等複雜問題，根本不會予以理會。」

網路通訊軟體成了新的犯罪利器及犯罪者的保護傘，是大家一致的共識。

接著孫幗芳再報告她訪查的結果。

「我問過他的科長，近年來他們的重心是擺在查緝假訊息、宣導國安保防議題上。照理說，毒品被查扣後每年就會例行送至焚化爐燒毀。毒品是否短缺或被混摻調包其他假貨、劣質品，若沒有溫清凱這次的出事，他們恐怕還一直被矇在鼓裡。」

「是啊，拍個毒品被焚燒的影片放到網路上就完成好幾億的績效。」

高子俊口氣明顯的無法苟同。

孫幗芳跟著道：「他有幾個同事倒是透露了一些溫清凱的私事。」

她看著大家好像要聽什麼精采八卦的樣子，莞爾一笑說：「他們提到溫清凱以前會在上班時私下和銀行談房貸、信貸的事，但不知借了多少、還了多少？」

王崧驊說他也要爆八卦：「我有幾個朋友在調查局，我們曾私下閒聊……，」他賣了賣關子，沒繼續說下去。

楚芸等不及了，嬌聲道：「小分隊長，沒有人故事講一半，吊人胃口的啦。」

王崧驊咯咯一笑。

「他們說哪，近年來很多人為爭取主官（管）的職缺，外部勢力早就介入人事布局了，爭到位置後往往因專業性不足，變成外行領導內行。」

他說得語重心長，彷彿看得到調查局下層的百般無奈。

「當上主管的則想方設法迎合上級長官要的績效，或是攀權附勢拉攏關係，他們局裡如今流傳三句名言，『戰將不如愛將、辦案不如辦桌、拜關公不如做公關』。」

「不就上有所好，下必甚焉嗎？」

高子俊也覺得此風不可長。

甄學恩則嘆了一口氣，道：「唉，再往下深入調查，恐怕調查局的內幕和醜聞會被揭開，冰凍三尺恐非一日之寒啊。」

輪到侯霆煜報告。

「高隊，我以『偵辦刑事案件需要』的名義去申請調閱溫清凱名下往來的明細帳目、資金流向，還在審閱整理中，一查到任何脈絡端倪就向大家報告。」

高子俊指示侯霆煜：「他太太名下的帳戶呢？狡兔可是多窟哦，親朋好友被當作人頭帳戶的可能性也極大，再往這方面多方蒐集調查。」

「還有，連他的房貸、信貸也一起查了。」

孫幗芳也跟著說。

蔡伯諺和小葉負責調閱向陽山登山口的監視畫面及訪查當天發現死者的登山客。

「畫面顯示，在天色暗下來之前都沒有溫清凱出現的蹤跡，等到登山客都下山了，至午夜一點左右，慈靈祠和夫子廟兩處入口才有人影晃過。」

向陽山除了登山口才裝有監視器外，裡面並沒有多加裝設，多年來也一直相安無事，區公所甚至提議撤掉以節省公帑，是里長堅持才保留著，所以監視畫質之差可想而知。

蔡伯諺繼續報告：「有兩道人影經鑑識科處理影像的組員比對後，勉強認定從慈靈祠進入的是溫清凱，從夫子廟進入的是另外一人，身高約一百八十公分，一身漆黑，想必是特意的裝扮。兩點二十分左右，他從慈靈祠離開。」

從夫子廟走到松鶴亭大約需要二十分鐘，從慈靈祠則約二十五分鐘，漆黑男是否就是凶手尚不可知？

也許凶手另有其人，早就潛伏在松鶴亭等溫清凱也不無可能，等到殺了人先躲起來，白天再從容離開？

高子俊交代兩人再往前後一天的畫面比對，看能否找到更充足的證據。

孫幗芳研判是仇殺，不是毒品交易，不然不會現成的毒品不拿，那兩袋可是值不少錢。

王崧驊則認為溫清凱就是「憨憨小野貓」，他也許是要先在松鶴亭和別人交易，但談不攏被殺。

「我說啊，他拿出來的毒品也被凶手黑吃黑搶走了，但凶手不知道他還有兩袋要賣給麥政偉。」王崧驊肯定的說。

12

佛家有提到四顛倒，即一、常顛倒，以無常為常；二、樂顛倒，以痛苦為樂；三、淨顛倒，以不淨為淨；四、我顛倒，以無我為我。

我認為我們凡夫俗子很難達到那種境界，但溫清凱這白癡，何止是做不到，簡直把四顛倒再來個顛倒。

幾年前老闆有批貨從柬埔寨用菲律賓籍遠洋漁船裝櫃，在菲律賓呂宋島卸貨再換裝成另一批貨櫃後，預計在本島南部西南方海域一百六十海浬處，與另一艘本籍漁船接應。

殊不知兩艘船在惡浪洶湧的公海領域會合，船員好不容易才將貨物搬到本籍漁船交接完畢，後來在通過公海領域時卻被海巡署的巡緝艇及岸上特勤員警兵分兩路攔截。

那批重量達六百公斤，讓老闆大失血的K他命原料「三級丁氧羰基去甲基愷他命」（N-Boc-Norketamine）市值約十五億元，幸好被逮捕的王姓主嫌一肩扛起來，檢調單位才沒查到老闆頭上。

有時候老闆會讓熟悉空運貨櫃作業程序及圈內人脈的「全航報關行」以「一條龍」方式運毒。報關行魏姓負責人是老闆的麻吉，他們已合作多年，老闆向來信得過他。

報關行會買通倉儲、物流人員，當海關查驗貨櫃時，被買通的倉儲人員趁協助卸下貨櫃及開櫃之便伺機調包，讓毒品貨櫃過關。

溫清凱不知是從何管道得知這批貨是老闆的。

「我們毒品贓物庫的管理一向鬆散，我有辦法幫您把您的貨弄出來。」他十足把握的說。

十五億在老闆眼裡雖然只是九牛一毛，但能在調查局多擺顆棋子，放長線以便釣大魚，後續效益恐怕是以倍數計的，又何樂不為？

老闆讓我去查清楚他的底細，除了有背一千多萬房貸、五十萬的信貸外，身家背景倒是很乾淨——大學畢業、已婚、有兩子，在調查局近十年。

合作幾次後，老闆對他的表現很滿意。

他會用俗稱「粗鹽」的氯化鈉、醋酸鈉或混摻假的「一粒眠」，以偷天換日方式把老闆被沒收的貨分批拿出來交給老闆。

聚沙總能成塔，滴水也能穿石。

老闆幫他把房貸、信貸一次都還清了，只是他還涉足網路運動簽賭，欠下大筆債務，三不五時要老闆幫忙擦屁股。

◇◇◇

「你知道他把我的貨拿出去賣嗎？」老闆氣得吹鬍子瞪眼睛。

我猶豫了一下，緩緩的點頭。

「老闆，很抱歉，我也是剛得到訊息沒多久，我還不想打草驚蛇，沒有查明證實前還不敢向您報告。」

「該怎麼辦你就看著辦吧。」

「瞭解。」

他只是老闆豢養的一隻狗，雖然布局了這麼久，殺了可惜，但他調包出來的貨，經過加工販售到市面，早就超過原本的十五億，殺了不足為惜。況且有錢能使鬼推磨，棋子又不止一顆。敢辜負老闆對他的信賴，就要對自己愚蠢的錯誤付出慘痛代價！

我從向陽山的夫子廟進入登山口，和溫清凱約在松鶴亭見面。

那天晚上烏雲密布，濕氣很重，感覺隨時都會下雨，那更好不過了。向陽山晚上不會有人，更不會有人想冒雨登山，下過雨後很多跡證也會被沖掉或淡化。

我希望留下的線索越少越好，子彈容易循線追查得到，不想發出槍響還要裝滅音器。攜帶一把槍絕對不比刀子輕便，一把輕巧光滑的彈簧刀要隱匿來歷方便多了。

當然，我也可以像解決汪治邦那樣，但久沒試的身手癢癢的。

我拿著刀子站在他面前質問他，他唯唯諾諾的如實以告。

「我……，我是被地下錢莊逼急了才……，」

「我不敢再找老闆要錢，我怕他會不高興……，」

「我只賣了一點點，我都吐出來，拜託了，拜託你跟老闆說，我不會再賣了。」

我不爽的說：「恐怕你是食髓知味吧，根本就是養老鼠咬布袋，老闆若沒發覺，你還不是會挖東牆補西牆？今天可饒你不得。」

他正要跪下，我一個箭步就繞到他背後。事發突然，他根本來不及應變，只是稍微扭動了右邊身軀。

我左手抓住他的頭髮將他的頭猛地往後拉，右手持刀尖抵住脖子左方，再沿著頸部橫向俐落地猛劃一刀。一道閃電適時劃破天際，我從刀面上看到他驚駭莫名的眼神，一條如新月般的刀痕顯現，溫清凱不及驚叫，心臟就將濃稠的血液如水龍頭被打開般湧出，噴濺到亭柱，往下漫流全身，再滴到石板地上，隨著心臟鼓動的力道漸弱才停止。

我近得聽得到他被割開的氣管發出噗噗的氣音。

將他的手機拿走，我拔掉SIM卡和電池，沿路丟棄或者丟到什麼河裡都可以，應該沒人會找得到。

我將他推落草叢前低聲對他喃喃的說：「依四念處所言，『觀身不淨、觀受是苦、觀心無常、觀法無我』，畢竟吾等本就不淨、本來是苦、本是無常無我的。說什麼常樂我淨，難啊！」

13

「有夠義式」餐廳位於新市政商圈，顧名思義，賣的是義大利餐點。自從新的市府辦公大樓搬遷到七期開發區後，市政中心周遭的地價被炒了好幾番，大樓一棟一棟從原本的漁塭地竄起，美食餐廳林立，都來分一杯羹。

餐廳佔地寬廣，門口的霓虹燈Logo是網美的打卡熱點，店內的裝潢造價不斐，用餐氣氛極佳，美中不足的是沒有專屬停車場，畢竟寸土寸金嘛。

今晚孫幗芳選了這裡請她的隊員來此聚餐。

「齁，停個車真麻煩，繞了半天都找不到車位。」王崧驊一入座就嚷著交通打結，停車位難找。

「高隊長怎麼沒來？」楚芸看人都到齊了，點了點人頭後問道。

「只有隊長請客慰勞我們，哪有下屬請上司吃飯的道理，不要落人巴結或拍馬屁的口實。而且趁這時候講他壞話，他才聽不到。」孫幗芳半開玩笑地說。

楚芸半信半疑，悄聲問坐在一旁的阿丹，想證實孫幗芳所言之真實性。

服務員送上menu及白開水後就替大家介紹餐廳的招牌菜。

「今天剛進了一批海鮮，主廚特別推薦蒜香羅勒燉鱸魚、水煮鰣魚、鹽焗鯛魚。另外，石蕈菇海鮮焗烤飯、蛤蜊青醬耳朵麵、牛肚包也不錯。」

「鰣魚哦，鰣魚不是多刺嗎？」孫幗芳提出疑問。

小葉也補上話，說道：「對啊，好像是張愛玲說的，說什麼人生有三恨，一恨鰣魚多刺，二恨海棠無香，三恨紅樓夢未完。」

王崧驊嘴上不饒人，「真是黑矸仔裝豆油，看不出小葉還是張愛玲迷唷！」

服務員急忙解釋說：「那是不會處理，我們的鰣魚不會多刺啦。」

趁點的餐還沒來，大夥閒聊著溫清凱和汪治邦命案的進展。

蔡伯諺不經意的順口問侯霆煜：「侯溜小分隊長，你耳朵後面那道疤痕是怎麼來的？」

侯霆煜憨笑著，撫摸左耳後方至肩胛骨那道稍微突起皮膚的白色疤痕。

「哪一年我忘了，但怎麼發生的我還記得一清二楚。」

每當侯霆煜從鏡中冷不防看到映入眼簾的白色疤痕，仍會感到心有餘悸。

服務員將大家點的餐一道一道慢慢端上來。

「先為各位送上鮮蝦蔬菜沙拉、番茄牛肉湯、起士焗烤馬鈴薯、佛卡夏佐醬土司、波隆那肉醬雞肉，還有，這是醃燻豬肉佐迷迭香。」

餐桌上除了服務員介紹的海鮮燉石蕈菇飯、耳朵麵外，孫幗芳怕大家吃不飽，又點了好幾道菜。魚類則點了鹽焗鯛魚——將香草塞進鯛魚肚裡，用海鹽包裹，以中火烤個二十幾分鐘，端上桌後以槌子擊碎鹽殼，魚肉細緻Q嫩，鮮味濃郁，肉汁豐盈，是最原汁原味的吃法。

「這是托斯卡尼套餐和那不勒斯套餐。」

「為您送餐，這是辣腸乳酪披薩、海陸空披薩，餐點都到齊了，請慢慢享用，飲料和甜點最後再送上來。」

◇◇◇

「上級根據情資，得知一個販毒集團不久後會有大動作。那時候我是初生之犢不畏虎，自願去當臥底。當臥底的就像站在刀尖上的舞者，要隱瞞身分，稍有不慎，就是粉身碎骨。

「我裝得一副很哈癮的樣子，化身成小馬仔（黑幫頭頭的手下）混進去。要取得老大的信任光有腦子和膽量還不夠，還要有演技。別人都在吸毒，就我不吸不是很奇怪？不能成為同路人，什麼都不必談。」

大家邊聽邊吃，分不出是聽得津津有味還是吃得津津有味。

只有楚芸驚叫一聲，惹來鄰桌怪異的眼神。

「所以你吸了？」

侯霆煜用手拿起一塊披薩往嘴裡塞，輕描淡寫的說：「人家要你當場吸幾口，我總要想法子呼嚨過去，說我才剛哈過……，」
他喝了一口白開水，嚥下口中的披薩。
「學黑話、吸食方法簡單，噁心難受還可忍，戒毒才是痛苦。其中一次考驗是在一間ＫＴＶ交貨，被對方黑吃黑。我拼死命要把貨搶回來，不慎被對方的刀子砍到這裡，當場血流如注。」
侯霆煜用沒拿披薩的左手比了比疤痕的位置。
「幸好沒刺到頸動脈。」他說。
「那次之後才讓他們放下警惕心，讓我加入其他行動的次數也多了，為了趕快抓到大鯨魚破案，我卯足了勁摸清楚他們的老巢，才在最後一次行動一舉破獲大宗買賣，將他們一網打盡。……也開始了痛苦的戒毒過程。」
餐桌上的食物有一大半被掃光了。
「這是當臥底最後一趟任務的戰績。」
侯霆煜拉起右上臂袖子，一道紅白色突起如蚯蚓般的增生疤痕在昏黃燈光下異常明顯。
「我直覺身分可能曝光了，而且時間緊迫，是否要單槍匹馬將主帥擒住，還是等大家一起攻堅有點舉棋不定。牽一髮而動全身，可能坐視幫派全身而退，也可能就此令他們瓦解，我面對的是艱難的抉擇。」
他講話的語氣與神情，讓在座的每個人彷彿也身歷其境。

楚芸則露出崇拜的眼神，但聽得胃袋擰成一團。

「後來我方大批人馬及時趕到，一陣槍林彈雨後，雙方各有人員掛採，我被一枚反彈的子彈射中，彈頭卡在骨頭內。我一個人跑到素有黑道醫院之稱的『慶濟骨外科診所』，他們開完急診刀、取出子彈、清理完傷口後，也沒有用美容針線就縫合。」

他的故事講完了，「為了不留下記錄，我就匆匆辦理出院了。」

「那你有沒有愛上老大的女人？」

阿丹突然冒出無厘頭的話。

孫幗芳瞪了他一眼：「你中戲劇的毒太深了吧？」

王崧驊再補上一記爆栗，順便把他的餐後甜點提拉米蘇給「勍」（台語：強取）過來吃。

14

羅啟鋒主動請纓，要對調查局特機站的毒品調包事件進行犯罪偵查，以釐清相關刑事及行政責任。局長為避免事態擴大，也希望趕快設定停損點，冀望這把火不要燒到他身上，就要求所有「毒品防制處」從處長以下所有人員需配合調查。

羅啟鋒先從溫清凱所屬的「管制研析科」開始偵查，除了溫清凱外，一時還查不出是否有其他人共同涉及不法。

毒品防制處秉持的查緝原則是「拒毒於境外、截毒於關口、緝毒於內陸」，但螺絲明顯是鬆脫了。

境外的毒品被報關行的一條龍方式運毒過關的不知凡幾，羅啟鋒也發現毒品若被「跨境查處科」查獲，後續的措施有幾項漏洞：

一、查獲的毒品沒有確實納入內部「犯罪調查作業系統」，以管制案件進度。

二、沒有使用「防拆密封條」專利的毒品證物袋封緘。

三、沒入的毒品物送至銷毀前，會同「鑑識科學處」複驗不夠確實。待銷毀毒品品項及數量與原案不符，產生人謀不臧的情形。

四、沒有建置毒品扣押物數位化管理平台，導入RFID無線射頻辨識[9]晶片及二維條碼套件，來管制扣押物流向。

五、沒有建置扣押物及證物監管鏈，運用區塊鏈技術強化贓證物的管理。

◇　◇　◇

羅啟鋒正在偵查隊的高子俊辦公室和孫幗芳三人討論溫清凱的案子，基於偵查不公開原則，並沒有透露他目前調查的進度及內容。

「就因為沒有完善的毒品贓證物查驗制度，才會讓溫清凱這類不肖人員上下其手。」羅啟鋒喝著孫幗芳泡的三合一咖啡。

「我不相信沒有其他人共同涉案。對了，高隊，你這裡什麼時候可添購一台咖啡機啊，三合一難喝得要命！」

孫幗芳像是很有默契似的，配合著點頭。

高子俊硬是擠出個笑容，不甘示弱，「要不咖啡豆由你供應，我又不喝咖啡，買來當裝飾品哪？」

[9] RFID（Radio Frequency Identification）是一種無線通訊技術，無線電訊號透過內建晶片來識別特定目標並讀寫相關數據，如產品別、位置、日期等，而無需識別系統與特定目標之間建立機械或者光學接觸。

「檢座，法務部今天公布『經濟犯罪防制處』鍾姓科長被移送檢察機關分案調查，是你的傑作？」

孫幗芳像發現新大陸似的。

「哈，那是無心插柳的，『案件偵辦科』有人把他拱出來，要查毒品犯罪竟查到經濟犯罪就查很久的那個……，伊森集團炒股弊案嘛，嘿，不能多說了。」

「鍾科長我認識，他也算是功勛卓著了，還是逃不過貪、嗔、痴的『貪』。」

高子俊有感而發，意味深長的說。

「凡人如我們，又有幾人不是迷惘於貪嗔痴的誘惑？」

羅啟鋒喝著彷若苦藥的三合一，心裡倒是有些五味雜陳。

「你們可以從溫清凱在外面交易的管道再加把勁偵查。我查出他會利用值夜班的機會將查扣的毒品以醋酸鈉或氯化鈉調包出去賣，原本預計年底要銷毀的毒品，可能要再扣留調查。」

「我會再和偵三隊密切合作。」

高子俊點頭說，表示同意。

「另外，侯小分隊長調查溫清凱名下往來的明細帳目、資金流向進度如何？」

「已申請凍結他和他太太名下的資產了，目前查到他原本繳了多年的房貸、信貸突然一下子就還清了。但是和偷毒賣毒的時間點似乎沒有吻合，兜不上。」

孫幗芳推敲著說，「有可能是累積足夠了贓款再一次還清，也有可能是有一筆額外的資助。」

「若是這樣，資助金的來源更加要查清楚。」高子俊示意。

羅啟鋒略微思索後開口說：「我也是覺得案情絕不單純，調查局應該還有內鬼通外面的某尊大神。」

◇◇◇

「啊，原來你在這裡！」高子俊的辦公室門外探進來一顆頭。

高子俊三人同時回過頭去，一看進門的竟是局長，也嚇了一跳。

局長衝著羅啟鋒劈頭就說：「賴信鴻立委親自找上門了，他和他的特助現在在我辦公室等你。」

羅啟鋒一時覺得丈二金剛摸不著頭緒，忽然想到把手機關成靜音了，可能因此錯過了來電通知。但有什麼事這麼急，不能在地檢署說？而且還要勞煩刑事局局長親自來找人？

每次某院長到立法院進行施政報告被杯葛或某部長備詢時遭質疑，都看得到賴信鴻立委出來護駕；朝野大亂鬥、爆發全武行、肢體衝突時，也總是看得到他龐大的身軀在主席台衝鋒陷陣，因此有「立院戰狼」之稱。他長期遊走於經濟、交通兩個委員會，有人說他喊水會結凍。

他一身亞曼尼行頭，真皮牛津鞋，把看起來比電視上魁梧壯碩的身材襯托得很有架勢，但略顯虛胖多了。五十開外的歲數，冒出頭的些微白色髮根透露出他一頭黑髮可能是染的。那顆大肚腩垂掛在皮帶下方，顯然是應酬多、運動少的成果。

倒是他的特助眼神犀利，外形彪悍，有著參加奧運國家體操代表隊的身材，結實又高挑，留著一臉帥氣有型的落腮鬍，很像常演韓劇的某位明星，一時會令人誤以為是立委的保鑣。

局長和羅啟鋒一坐定後，局長的秘書就把羅啟鋒的茶送了進來，並將原本賴信鴻三人的茶換新，再很識趣的關門出去。

賴信鴻從容地吹開一片浮葉才品茗一口。「好茶，是『碧螺春』吧？茶香襲人，入口齒頰留香，名字又清雅貼切。我下次叫沈特助帶一罐『大紅袍』過來，局長你喝看看。」

賴信鴻向一旁的沈特助使了個眼色。

「我就開門見山直說了。羅檢座，」賴信鴻轉向羅啟鋒，「我希望你正在偵辦調查局的案子就到此為止，聽說你已經查到很高的層級，政府真的很需要你這種剷奸鋤惡的青年才俊。」

羅啟鋒一聽大為震驚，從賴信鴻的神色語氣看不出是嘉許讚揚、是抱怨責怪，還是……。

他第一個閃過的念頭是「關說」。

「賴立委，首先偵辦調查局的案子還沒告一段落，還有很多疑點及癥結點尚待釐清，應該刻不容緩才是，何況還涉及一條命案未破，怎能說停就停？」

羅啟鋒不亢不卑的說，臉上神情堅定，同時望向局長，他不知道局長事前是否知情？

「我是真心希望你適可而止，查到這裡就好……，」賴信鴻的臉色不變。

「老弟啊，立委不是這個意思，槍打出頭鳥，血氣方剛是很容易得罪人的。你記不記得，」局長此時適時出來打圓場，「在立法院開議前，我們各處站都還會特地去拜會各轄區內的立委，請教有無需要指教的地方，這都是例行性工作啦。」

「那是你們，可不包括我們小小的地檢署。」

羅啟鋒特意強調「小小的」三個字。

孫幗芳帶侯霆煜出去查案時，正好看到立委帶著特助滿臉不悅的離開刑事局，看來是不歡而散了。

這次是四個人第一次打過照面。

15

老闆真的很喜歡一條龍統包方式，不論是運毒、開建設公司、甚至是開酒店。

他為了創立獨樹一格的優質酒店，和市場有所區分，就成立一家「時尚藝能經紀公司」，打著「打造一流名模」的名號，招攬了不少拜金女郎。公關小姐不論是打工的、兼職的，素質均是一等一的，個個白瘦美，絕對看不到恐龍妹。

小姐們不論花態柳情，山容水意，都各有一番風味，即使濃妝或淡抹，都是風華明艷。

為了保護旗下的小姐，老闆只開便服店和禮服店。制服店、公主店、喇叭店在他眼裡是不入流、不屑一顧的。

來便服店光顧的有很多是政商名流，他們來洽談生意的居多，隨便開幾瓶酒，公檯制的公關小姐叫幾個進來，坐個四小時的臺（十分鐘為一臺），一次消費都在二十萬以上。若看上眼則框出（分純框、不純框、小框（4H）、大框（8H）），出場費另計。

框出場不等於能上床，出場只是買下小姐的時間，帶出去是算鐘點費的，過夜的話要跟小姐談好價錢，另外收錢，酒店有大半收入也是靠這個抽成來的。而小姐是木魚（接S，提供性服務）還是金魚（不接S）全看她自己的意願。

在「全經紀約」的酒店經紀團隊經營下，終於擦亮了老闆這塊金色招牌。

◇◇◇

我會認識Anita，是有一次我跟老闆去考察「君悅八方」酒店時巧遇的。

記得那天一整個下午都是大朵鉛塊般的烏雲在天邊翻滾著，一場大雨正悄悄逼近。雲層深處隱約聽到轟隆隆的雷聲，不時有閃電撕開鉛黑色的天幕。

等到夜晚，我和老闆走進酒店，天空低得彷彿要塌下來，又像一整塊漆黑的帷幕唰啦從天邊扔下來，濃重到化不開。

君悅八方是老闆的第三間便服店，酒店經理全程陪同著。

說考察好聽，其實是老闆想要物色他的新獵物。

我曾多次陪老闆上酒店喬事，在包廂裡，我專注於該focus的事，我不是醉翁之意不在酒，會留意小姐動態的那種人。

老闆曾對我說過，他說他小時候看到喜歡的玩具若是得不到，寧可把它毀了也不要留給別人玩。所以，他之前的女人都是他玩膩了才放手的。

至少從我跟他的這些年，我看到的都是如此。

沒有那個女人敢嘗試背叛他的後果。

我想到金庸的小說《天龍八部》裡的康敏——生性佔有慾旺盛，小時因嫉妒鄰家女孩擁有新衣，竟然潛入鄰家中剪壞新衣衫。長大後自負美貌，因喬峰未看她一眼，不惜出賣肉體，處心積慮地對付喬峰，揭發喬峯為契丹人的真相，也間接促成了阿朱之死。

老闆看到Anita就眼睛為之一亮，宛若小孩子見到新奇的玩具，想要佔為己有。她表面上冷若冰霜，神情默然，偶爾透露出一股滄桑，我倒覺得像女神般美得不可方物，不可逼視。

三十多歲是很多女人行將凋萎的年齡，但在她的臉上卻有牡丹花含苞怒放的況味，五官線條柔和，鳳目櫻唇，皮膚有白裡透紅的光澤。

我對女人的欲望沒那麼飢渴，頂多有需求時就到公主店（俗稱砲店）找越南妹解決。性愛對我而言，就像飯後的甜點，並不總是需要，有時候還會覺得太膩。

但今天見到她，卻有心跳漏拍的感覺，絲毫沒留意到店外的大雨正磅礴下著。

◇◇◇

我像常年生長在牆角的背陰植物，陰柔攀附低下，帶著一絲膽怯，在光與影的邊緣搖擺苟活。

我和幾個同梯的約好了，放假要到「Blonde大舞廳」快活。

小吳不知從哪弄來做成雪茄狀的ＬＳＤ[10]，「安啦，十二小時後藥效就消失了，回營前ＯＫ的啦。」

我和黑皮（Happy）、皓子、小吳正在陸軍高空特勤中隊服役，是具有海陸空三棲作戰能力的甲種特勤隊，與海軍陸戰隊特勤隊、憲兵特勤隊合稱國軍三大特勤隊。因為特勤隊神祕的性質，民間形容我們為「荒山惡鬼[11]」。

小吳有一半原住民血統，酒對他而言就像在喝白開水，沒想到他還能從哪搞出ＬＳＤ這玩意兒。

「敵人都敢殺了，這東西不敢吸？」小吳譏笑我們，同時自顧自地吸嗨起來。

有些舞廳不希望舞客吸毒鬧事，也有些舞廳會私下賣搖頭丸給舞客助興。我們三個都禁不起小吳的鼓惑，在好奇心驅使下就嘗試吸了幾口。

半小時後，我感到瞳孔放大、心速加快、嗆嗆的，有一種飄飄然的、狂喜的快感，腦袋隨即昏眩直轉。

一開始噁心想吐，但很快的，像沙漠被一陣傾盆大雨劃破，一股愉悅的浪潮開始在全身奔竄，我們趕緊下場狂舞，讓這種籠罩全身的歡愉感揮之而去。

10 麥角酸二乙醯胺，Lysergsäurediethylamid，是一種強烈的半人工致幻劑和精神興奮劑，俗稱「一粒沙」。
11 此為小說情節，非實際狀況。

舞廳打烊前半小時會抽酒品優惠券、入場招待券給舞客，被抽中的就有他的朋友會發出一陣鼓譟。此時有人瞄到舞池左側某間包廂飄出煙霧，剛開始不以為意，等到椅子的聚氨酯材質填充物冒出含有氰化氫毒物的黑煙飄出包廂外，大家才開始驚慌而逃。

灑水系統雖然在火勢尚在控制範圍時啟動，員工也趕忙拿滅火器噴向還沒竄起的火苗，但是毫無助益。

火勢又急又猛地往上疾竄，不到五分鐘時間，天花板熔化的塑膠就開始往下滴，接著天花板往下坍塌。

濃密毒煙瀰漫舞廳，有些舞客順著緊急出口指示燈的方向逃生，卻發現狹窄出口處被很多裝著空酒瓶的箱子堵住了，急忙展開接龍式的搬移。

當我們四人驚醒時，雖然為時已晚，但以我們訓練有素的身手要逃出去應該不是難事。可惜事與願違，當下那一幕是我畢生永遠無法抹滅的陰影，注定要一輩子糾纏著我。

「小吳、皓子、黑皮，醒醒！你們他媽的快點醒醒！」

我發現包廂外的騷動時，一時還沒意會過來，當下還處在昏眩狂喜的精神狀態。等到往外探頭一看，吸入濃濃的煙霧才被嗆醒，也才看清楚雜沓的人群驚慌失措的推擠，聽到此起彼落的尖叫聲。

即使還沒搞清楚狀況，但我的潛意識知道，事情不妙了！

小吳吸得不省人事；皓子還喝了酒，正處於半醉半醒之間。黑皮經我猛烈搖晃，似乎醒了一半，正要罵我之際，兩隻眼睛卻睜得老大——他也感覺事態嚴重了。

我們合力要把小吳和皓子給帶離現場。

「媽的，小吳平時是吃什麼歐羅肥，重得跟豬一樣！」

黑皮扛不動小吳，直發牢騷。

皓子則被我邊拖拉著走邊嘀咕：「幹，這藥效好強，比老子之前碰過的還嗨！」

我們逃離的時間比別人慢了好幾拍，舞廳已有泰半陷入火海，座椅、桌子、牆壁、天花板、地板，連金屬菸灰缸都熔成一團。我被煙嗆得直咳，皓子若不是被煙熏昏，大概也還陷在ＬＳＤ的幻覺中。

我情急之下把他背起來，一時也搞不清楚方向，只得跟著大家往人多的地方逃。

當消防隊抵達時，舞廳已陷入熊熊的紅色火焰中，他們佈水線並架設移動式砲塔，以強力水柱壓制火勢，才阻隔了火勢的延燒。

我看著被火燒掉一大半的舞廳，淚水直流，不斷搜尋黑皮和小吳的身影，不知他們是否逃出火海？還是陷在煉獄中？

16

每當午夜夢迴，我就陷入焦慮、自我懷疑、情緒崩潰、永遠無止盡的輪迴。

事後新聞媒體報導說，那場大火燒死了三人，十七人燒傷住院。

起火原因竟是包廂裡有人白目，認為椅子外皮既是非易燃的PVC材質，就刻意要測試裡面的填充物是否也不易燃燒。於是把椅子外皮割開，將點燃的香菸放在聚氨酯材質上，才釀成這場火災。

同時警方也查到舞廳的消防安檢未通過就開始營業。此外，舞廳為了裝潢上的美觀，採用不少易燃材質；儲藏室也置放不少漂白水、地板蠟、噴霧劑等易燃物。

小吳被燒死、黑皮燒傷住院，軍方認為此事影響軍譽，就對我們展開調查。我們坦承有吸LSD，三個人最後以被退訓收場。

◇◇◇

我倒了火柴頭大小份量的海洛因粉末在錫箔紙上，有一些粉末掉在桌上，我用手指頭沾起來，直接抹在牙齦上，味道像熟過頭的水果。

錫箔紙下面用打火機的火焰炙烤，炙烤後產生的白色煙霧被我嘴含吸管強吸，並通過呼吸道進入肺部被吸收[12]。

我也會將一小堆結晶狀粉末倒在桌上，再拿出一把瑞士刀取出其中一支來切割這些結晶，一邊有節奏的切打桌面，一邊把切勻的粉末排成平行的四列。

拿支吸管把兩列粉末吸進鼻子裡。

我的鼻腔發燙，眼睛泛出淚水，覺得有煙火在腦袋裡點著了，棒透了！

再把剩餘的兩列粉末吸進去。

有時候則將海洛因放在湯匙內，再滴進一至兩cc的水，放在蠟燭的燭火上方烤，水溶液轉眼沸騰，湯匙內開始冒著水泡和熱氣。

我將滴管式針筒裝上針頭，等待沸騰的海洛因變涼，再將一小塊脫脂棉浸入冷卻的液體，針頭插入脫脂棉，慢慢拉起活塞，讓透明液體慢慢在針筒中累積，吸完後再輕輕的將筒內的空氣推出。

12 海洛因吸食方法有下列幾種：口服、注射（走水路）、煙霧（追龍）、鼻子直接吸、加在煙裡（貢昏）。

左上臂用塑膠皮繩綁緊，拳頭一握緊，再輕輕一拍，前臂的粗血管就清楚浮現。我找了一條沒有瘀青的血管，用酒精棉擦拭幾下後，將針頭以三十度角對準鼓起的血管插入。

拳頭一鬆開，暗紅色的血液就流進入針筒。

我緩緩將活塞推動，把混合著血液的海洛因如數注入體內。

針頭拔出那瞬間，海洛因已在血管繞了一圈，沉重的衝擊竄到心臟，腦袋像被車撞過一樣遲鈍發麻，即便閉上眼睛，紅的、黃的、綠的各種顏色，都在視網膜上燒灼。

呼吸節奏亂了，我捂著胸口吸不到氣，彷彿胸口有個漏洞，拼了命吸的氣又從那裡洩出去。喉嚨乾得像要著火又發不出聲音，唾液在口中咕嚕咕嚕漱著，變得白濁堆在舌頭上，再不斷從嘴唇外溢。

我覺得一顆心像被揪住似的，一陣陣刺痛襲來。太陽穴處鼓脹的血管不規律的跳動，只能煩躁地抓撓胸口，雞皮疙瘩如同突如其來的風一般，裹住全身，閉上眼睛就有如要被吸進旋轉快速的漩渦中。

接著一陣噁心由腳底往上直竄，強烈的嘔意如波浪般從胸口往上湧，倏地一陣像射精的快感伴隨而來。

這就是和跟魔鬼打交道的代價嗎？

◇◇◇

我對什麼事都感到厭煩、都提不起勁，只想哈上一口。

皓子跑來找過我好幾次。他倒是豁達，找了一份保全工作就安身立命了。他說我現在這副德性如何對得起小吳和黑皮：「老鬼，別再自暴自棄了，黑皮現在很努力在做復健，那是一條漫長的路，即使痛得要命他也不打嗎啡止痛。我們不過是被退訓而已，有什麼大不了的，又不是天要塌下來了。」

我和他去看了黑皮，看到他的樣子，我忍不住痛哭一場。心中的苦一次發洩完後，決定接受皓子的好意，去和老闆談一談。

和老闆見面時，都是他旁邊的主任秘書在發問。老闆一副諱莫如深的木然表情，讓人猜不透他心裡在想什麼。

結束後，老闆只對我說了一句話：「把毒戒了再來找我。」

◇◇◇

我的眼前有一片熾熱的白光，逼得眼睛張不開，視野像一片被陽光照得波光粼粼的水面，晃動刺眼。

我知道疼痛是免不了的，在第三、四天左右，戒斷的痛苦達到頂峰，憑著軍中嚴格的訓練，啼（台語，流涙、打呵欠）和熬生柴（痙攣）我都挺得住，流鼻涕、發癢、起雞皮疙瘩、忽冷忽熱，變得煩躁焦慮、震顫性譫妄也就算不了什麼了。

再過幾天後各種疼痛症狀相繼出現，有萬蟻噬骨的感覺：四肢關節、渾身肌肉、腰部皆疼痛難熬。尤其是頭痛欲裂，像宿醉後又被兩個鈸敲著腦袋，嘴裡有一股陳年煙灰缸的味道，感覺就像墜入地獄的萬丈深淵一般。

有些事情真的不可輕易嘗試，吸毒不像搭車下錯站或選錯壁紙，下一班車總是會來，壁紙可以撕掉重貼，但吸了毒則像在身上烙下疤痕，永遠存在。

如果芥川龍之介的《地獄變》能描繪出這樣的場景，我是相信的。

小說內容講述日本平安時代，驕奢淫逸的堀川大公命畫師良秀畫一扇「地獄變」屏風。良秀不善想像，多半只能畫親眼所見之物，就曾以毒蛇攻擊自己的弟子，以便素描。他又把人綑綁做出在地獄受到桎梏罪人的樣子、飼養大鳥在密室裡追逐撕咬受難者。

地獄有一個大火將所有事物燃燒殆盡的場景，是良秀在目睹自己的女兒被堀川大公扮成一位嬪妃，捆綁在點燃大火的檳榔毛車中痛苦呼救完成的。

面對驚心動魄的一幕，良秀臉上竟能露出喜悅的神情，完全以畫師的立場取代父親的角色，為了至上藝術的極致欲望而捨棄人性。

被火燒和戒斷的箇中滋味猶如在地獄走一遍，我已嘗過了，好不容易要從頭開始，絕不能再陷入這爛泥沼中。

我囫圇吞棗的讀華嚴經、大藏經、金剛經、大般涅槃經、阿含經等各種佛學經典，戒斷難受時、痛苦難當時，就默唸經文。隨著噁心、腹瀉、體溫降低、心跳緩慢、血壓過低、難以入睡、盜汗、情緒頹喪等症狀的次數逐漸減少，我竟熱淚盈眶——感謝天，感謝地。

17

侯霆煜要蔡伯諺帶楚芸去福隆宮找趙主委，請教兩筆資金的流向。他查到溫清凱各有一筆一百二十萬和一百五十萬的匯款者是福隆宮，但沒有備註說明。

他同時也懷疑溫清凱和汪治邦的命案或許有所關聯，打算親自去拜訪溫太太。

「小分隊長，這種事楚芸一個人去就可以了吧？」

蔡伯諺一則不服氣比他年齡小很多的侯溜可當他的上司，一則竊喜有機會可單獨陪楚芸去查案，若能適時展現英勇機智的一面，或許能得到她的青睞。

侯霆煜委婉的說：「上次我和楚芸到福隆宮找過趙主委，他一直在敷衍周旋，不想吐露太多資訊。」

他再擺出一副就事論事、沒得商量的口吻說：「我覺得由蔡大哥出馬，應該可從那隻老謀深算的狐狸嘴裡挖出東西來，也順便教教楚芸怎麼辦案。」

◇　◇　◇

「兩位警官大人，我們廟務那麼繁雜，每天的收支少說也上千筆，我百分之百信任汪治邦，把主委私章跟廟方的廟章都交給他全權處理，從不插手過問。」

趙主委喝著上等凍頂烏龍茶，補上一句：「我們又不是吃飽閒閒沒事幹！」

他意有所指，好似他們問的是多麼自討沒趣的問題，又像是在說警察吃飽閒閒沒事，專找老百姓的麻煩。

「趙主委，您說的我是信的，您日理萬機，把福隆宮的廟務搞得越來越生氣蓬勃，的確不簡單哪。」

蔡伯諺喝著茶陪笑臉，也不忘奉承幾句。

「我們新的會計才剛來，還搞不清楚狀況，你們不要一直來……擾民。」

趙主委露出一臉的不悅，直接挑明了說，「上次這位女警官來，都跟你們說過了，我們的財務報表是公開透明的，一切都可攤在陽光下受檢視。」

他望向楚芸，想證實所言不假。

「可是……，溫清凱兩筆匯款確實是福隆宮匯給他的。」

「溫清凱是誰？我可不認識。」

楚芸不覺得她問得有多突兀，直覺告訴她——事情不對勁，因為她的潛意識裡有個什麼挑起了沒意識到的細節。

她內心也在抱怨蔡伯諺根本沒幫上什麼忙，她下定決心，一定要查個水落石出。

「趙主委，能再談談就您所認識的汪治邦嗎？」
蔡伯諺不著痕跡地轉移話題。
「之前你們王小分隊長也來過了，我所知道的都跟他講了，實在沒有更多的資訊可提供。至於到底是仇殺、財殺，還是情殺嘛，我仔細想了一遍——都不太可能。」

◇◇◇

溫太太表現出一副脆弱無助的模樣，向侯霆煜訴苦。
「你們把我和我先生的帳戶都凍結，已經影響我和兩個小孩的生計了。我先生現在人走了，沒憑沒據的，你們大可控告他監守自盜，把一切罪行都加在他身上，但你們有顧及到小孩的感受嗎？」
說著說著，溫太太就一把眼淚、一把鼻涕了。
侯霆煜掃視了一遍溫家的環境。
從他一走進富麗堂皇的lobby，就覺得這棟大樓造價不菲，一個單薪的公務員買得起又繳清房貸，對極多數的人而言，簡直是天方夜譚，何況他還有老婆小孩要養。
溫家位在地上十七層、地下兩層的大樓的五樓，扣掉30%的公設比，建坪約二十八坪，此外還有一個平面停車位。

室內裝潢過，走的是北歐風，以大量的採光、木頭元素來營造整體風格，布置上力求簡潔與功能性；色彩則以淺色系材質為裝潢色調，整個空間給人舒適的通透感。

女主人臉型削瘦冷峻，眉細唇薄，之前卷燙過的頭髮像一簾瀑布，落在一襲絲質藍黑色洋裝的肩膀上。若非服喪期間臉上的哀淒，平時配上刻意修飾的妝容，應該是個有品味的女人。

他若無其事的問：「溫太太，你們的房子真漂亮，聽說房貸都繳清了。你們買幾年了？現在若要脫手，應該可賺好幾成吧？」

「房子又不是登記在我名下，」她抱怨道，「現在遺產稅繳不繳得出還不知道？」

溫太太外表看似柔弱，侯霆煜覺得她實際上有點工於心計，城府也極深。

侯霆煜記得他們在討論案情時，大家都認為光憑溫清凱一個人，不太能那麼順利將查扣的毒品偷龍轉鳳，應該還有人裡外接應。

他想釣出這個中間人。

「妳先生和妳的帳戶有多筆來源不明的款項，據我們判斷，可能和他被謀殺有所關聯，可否……」

「我們沒有不法所得或來源不明的款項，我先生是被冤枉的，是不是要找民代才能替我們主持公道？他人走都走了，找到凶手又怎樣，會還我一個活生生的人嗎？」

侯霆煜的語音還沒落下，溫太太就聲淚俱下，急著喊冤。

「你們的帳戶來源警方一定會查清楚。可是妳想讓妳先生死得不明不白，讓凶手逍遙法外嗎？」

無語。

「依妳先生在調查局的職位，我們強烈懷疑短短幾年之間就有能力還完債務，而且妳知道他死的時候身上還帶著毒品嗎？」

侯霆煜雖然深諳問案要誘之以利、動之以情、曉之以理，但溫太太一味的打哀兵策略，嘴巴緊得像牡蠣的殼，他也沒把握能奏效。

「溫太太，妳若想起什麼可以告訴我的，上面有我的電話，打給我。」

臨走前侯霆煜遞出一張名片。

在此同時，羅啟鋒也請調查局「資通安全處」及「通訊監察處」協助，透過五大電信業者基地台偵測到的F市熱力圖、即時定位圖來呈現溫清凱的「電信足跡」，再從「電子圍籬系統」將智慧監控到的過去行蹤交叉比對，冀望能藉此找出當時和他行動軌跡、位置交會重疊的有哪些人。

這項工程費力費時，但也只能跟它耗下去了。

◇◇◇

楚芸下了班獨自一人到汪治邦住的大樓打聽。

出售房子的廣告牌很快就張貼出來了，大樓管委會主委和幾個住戶都異口同聲的說，和汪治邦是多年老鄰居了，他為人溫和有禮，不擺架子，見了面會和大家寒暄幾句。

「他雖然話不多，但都客客氣氣的，很遺憾發生這種事。」

楚芸問他們知不知道汪治邦有病，則都搖頭說不知道或沒聽說。

「罹癌這種事不想讓不相干的人知道也是人之常情吧，以前都看不出來他生病。」管委會主委說。

「他不常聊他個人或家裡的事，只知道他在廟裡當會計。」守衛這麼說。

同棟的鄰居則說：「他和我們沒什麼密切的互動，頂多打招呼問好。倒是他女兒回來會帶てみやげ給我們，說汪先生一個人獨居，請鄰居們多多照應。」

楚芸心想，這伴手禮是白送的了，人死了好幾天都沒人知道，還叫多多照應？

守衛調出之前給過偵查隊汪治邦死亡前幾天的監視記憶卡。楚芸再仔細看了一遍最後拍到他獨自走出大樓最後身影的畫面，仍瞧不出汪治邦有何異樣，一身的穿著正是被發現陳屍在古井那一套。

18

我很不想知道經理是如何說服Anita願意成為老闆玩物的，那只會讓我更加心痛不已。我送Anita回去就急著轉身離開，她突然拉著我問：「你是不是厭惡我、嫌棄我？為什麼從不正眼看我？你認為我很髒是不是？」

我愣在當下，一時無法洞悉她想表達什麼。

「你是不是想追我？」她又說得那麼直截了當，令我有些不知所措又招架不住。她的眼睛直看著我，我再也無法逃避了。

Anita悵然的說：「還記得第一次在君悅八方遇見你和老闆，後來李經理跟我說，老闆要包我的場，而且是要過夜的，價碼隨我喊。平時我被框出場從不過夜，也不做S，你知道我為何同意嗎？」

她講得雲淡風輕，但我表現得事不關己。

「因為你，傻瓜！我看著老闆直勾勾地對著我瞧，我心裡卻想著他身旁的你。哇，這個男人真性格，有著致命的誘惑力。」

我聽得苦笑不已，想必她是在開我玩笑。

「而且我知道老闆是何方神聖，被他挑中了，我逃得出他的手掌心嗎？」

我搖搖頭又點頭，表示同意她說的，但又心有不甘。

「當然啦，我隨易開的價碼他照單全收也是原因之一。我也沒有多清高，要清高就不會出來幹這一行。再說，我也沒把握你會不會想要我。」

我套句某人講過的話逗她：「胡說，男人看到Anita不喜歡她，就不是男人！」

她聽完呵呵笑著，一陣粉拳就往我胸前搥。

她笑起來真美。眼睛清澈得讓我想要在裡面游泳，看著微笑在她臉上漾開來，嘴角撩動著春風，我也被渲染了。

「我們公關小姐隨身彷彿要攜帶著許多無形的面具，根據場合需要，隨時都可以拿一個出來換上，」她嘆了一口氣，「而且帶上某個面具後，就要由裡而外變成另一個人。」

我把Anita送到老闆那邊，無異是把羊送入虎口，縱然百般不願意，但當下我依舊一籌莫展。

Anita彷彿看穿我的心思，舉她一位信佛的姐妹淘常說的：「諸法皆因緣生，皆因緣滅，要想不陷入苦悶，只能得失隨緣，心無增減。」

她說的佛法我聽不進去，我心裡想的是——我只要妳。

◇　◇　◇

我從包包裡拿出裡面裝有沙丁胺醇（Salbutamol）的吸入器。每當我一邊噗噗吐氣，一邊發出氣喘性的咳嗽聲時，就拿出來搖一搖，讓緩解症狀的吸入器發出金屬撞擊聲——那是藥物渣滓摩擦筒壁的聲音。

對於那種像似被人坐在胸膛上的感覺，我已經習以為常了。

我用力吸了兩大口，症狀似乎改善了些。

最近案子多、會議多、架打得也多，一直在空轉、浪費時間，反正大家都知道這是家常便飯、是在演戲。

只是一想到就犯頭疼。

等一下Anita就來了，威而鋼的功效也該發揮了。不知怎麼搞的，Anita總是欲拒還迎，不過我就是喜歡她那股勁兒，但她不會對我主動愛撫或擁抱，都要自己來才會有反應。

我百般的討好她，每次給的費用沒話說，夠阿莎力了，她在外面哪來的這種行情？

◇◇◇

他只顧自己發洩，翻雲覆雨還要搞花樣，要我拿鞭子打他、甩他巴掌，有時候還會把我綁起來做。我知道他事前吃了威而鋼，偶爾還會吸大麻助性，不然硬不起來。

我一點興致都沒有，只是虛應故事，配合著叫幾聲，讓他以為我也樂在其中。

每次他現出平時包裹在昂貴西裝下的便便大腹，吐著肥胖人特有的氣息，又發出像含著濃痰的老人聲音，我就覺得好噁。

他肥滿的身軀，慘白的皮膚，就像一隻巨型的大蛆在我身上游移。他的雙眼閃爍著貪婪的光芒，又露出獵食者饑渴的笑容，讓我聯想到科摩多巨蜥。

他在尋求一種完美的性高潮，結合了強暴、虐待、大麻所能帶給他的性愉悅。

我總是儘量配合他、滿足他，我不會和錢過不去。

◇ ◇ ◇

今天我把車開進麥當勞停車場，因為Anita說她很久沒吃薯條和蛋捲冰淇淋了。

她把薯條沾著冰淇淋吃，我笑說沒有人這種吃法啦，薯條要脆脆的沾番茄醬才好吃。

「你不試試看怎麼知道？」她順手抓了一根沾冰淇淋的薯條就要往我嘴裡塞。

「我最痛恨吸毒了。」不知道她是有感而發，還是知道我的過去，突然冒出這一句。是要和我攤牌嗎？我心裡的警鐘響了起來。

她說起她的老公因為吸毒，販毒，被關，最後以離婚收場，有一個小孩寄養在娘家。

「我前夫是我想擺脫的噩夢，每次醒了，噩夢又再度札根駐足。他總是抱怨說他的壓力很大，我都不懂他的辛苦。有大到要靠毒品來舒壓嗎？每次看他吸毒的鬼樣子，恐懼就如同發酵的麵粉不斷膨脹，再膨脹，根本就是如影隨從。」

我見她臉上滿是化不開的鬱結，我的心也宛如被一隻無形的手給掐住，酸酸澀澀的感覺漲滿了胸口，我好想把她抱個滿懷。

「他沒錢沒本事，只好跟人家一起去販毒。這下好了，出了事就由他這種的小嘍囉去頂罪。」

她再次抓起一根薯條，沾了冰淇淋就口吃起來。

「五年，被判五年。如果表現良好，可能三年就出來了，可我怕了。一想到他關出來，我還要跟他過那種日子就擔心害怕。

「你知道配偶在監獄服刑，離婚官司多難打嗎？因為他不同意離婚這件事，我要透過『離婚訴訟』才有辦法處理。但訴訟的勝敗又難料，不用心打官司，很難有機會獲得勝訴。我最後以他是『故意犯罪』被判處有期徒刑六個月以上當作『具備法定事由』，向法院提出離婚訴訟才打贏的。」

Anita說起來看似不痛不養，我猜想那過程一定很煎熬、很折磨人。

「小叡快唸國小了，他很乖，很懂事。」

說到小孩，她原本緊皺的眉頭才舒展開來。

「可是我好想、好想他。」

她眼眸中噙著淚水，我忍不住伸出手握緊她的手，她沒有縮回去。

「小叡出生時毛病很多，又是鼻炎、支氣管炎，又是濕疹、水痘的，很不好養。四歲時每晚都會問我媽，說，『阿嬤，我馬麻現在在哪裡啊？』，我一有空就和他視訊。」

她抽抽噎噎地說，忽而笑得暖烘烘的，我的手仍緊握著她的手，再也不想放開。

19

楚芸告訴侯霆煜她要跟蹤溫太太，繼續追查下去。侯霆煜認為溫太太沒見過楚芸，是個不錯的idea，而且應該不會有危險性。

他要楚芸保持聯絡管道暢通，一有動靜立即回報，不可獨自冒然行動才答應。他事先查了登記在溫清凱及他太太名下的汽機車，除了一台gogoro，還有一台Audi A3 Sportback，少說也要一百五十萬。

楚芸騎著機車在溫太太住的大樓外守候一天，毫無收穫。第二天等得正呵欠連連、百無聊賴之際，一個眼尖發現從停車場駛出一台黑色Audi，正是登記在溫清凱名下的那台轎車。

在市區騎機車，除了好停車外，就是在車陣中好鑽車縫了。溫太太一路沒停，直接開到一間當鋪。

溫太太在駕駛座躊躇了一會才側身從副駕拿起一個大皮包，下車後直接走進一間當鋪。

楚芸在烈日下等了快兩個多鐘頭，溫太太走出尚豪當鋪時，右肩只掛著一個小皮包。

她繼續跟蹤下去，後來溫太太只在路邊店家買了兩杯手搖飲和一盒蛋糕就回家了。她回報給侯霆煜，然後再回到尚豪當鋪。

「老闆，」楚芸拿出她的警證，再把手機拍到的照片給當鋪老闆看。

「兩個多小時前，這位太太拿了東西來你這裡典當，我想知道她當了哪些東西。」

楚芸報予他一個甜甜的微笑。

「警官，我們不會將客戶在當鋪的個資洩漏，而且也要保護客戶隱私，客人當的東西我們有義務替他們保密喔。」老闆一臉正色的說。

「我知道啦，但這事涉及國家安全和一級謀殺案，還有……，」楚芸瞎扯一番，「警民合作你總該知道吧？」

「哇，這麼精采啊！那有沒有破案獎金？」

「嗯哼，對啦，你今天不講，我明天拿搜索票來就更難看了。」楚芸心想，有破案獎金才怪。

「沒那麼嚴重吧？」老闆咂著嘴，猶豫著該不該講。

「你要讓我再跑一趟也沒關係……，」

「好啦，就幾個包包和鑽石嘛。」他支吾著說。

「什麼包包？什麼鑽石？」楚芸有點按捺不住竊喜。

「那位太太當了兩個Hermès柏金包與凱莉包，以及GUCCI的斜背包與手提包，至於鑽石嘛，……」老闆欲語還休，「那一顆有1.5克拉，她還拿出美國寶石研究院（Gemological Institute of American）的保證書，詳細記載著ＧＩＡ編號、顏色、淨度及切工資訊，是屬於顏色級別最高的Ｄ級。」

「可以告訴我她當了多少錢嗎？」楚芸再努力擠出一個笑容。

「好啦，都說這麼多了，沒差這個吧。」

他比出兩根手指頭。

楚芸則吐了吐舌頭。

◇◇◇

尚豪當鋪的老闆事後覺得不妥，就將楚芸打聽溫太太典當品的事告訴溫太太，只是沒說起事關國家安全和一級謀殺案。

溫太太急了，跑來找老闆。

老闆原本不想和她有所接觸，能避就避。但她搬出被警察跟蹤的理由，老闆雖然半信半疑，還是約見了她。

「妳這麼缺錢啊？」老闆不悅的說。

「沒辦法啊，我家清凱死了，警方還在調查凶手，但怎麼也查到我頭上來了？要不是我夠機靈，恐怕就被那個女警當場俱獲了。」

溫太太說得好像是她把警察擺脫似的。

老闆認為那個女警還會繼續跟蹤溫太太，就交代我要把她處理掉。

溫太太臨走前，老闆也沒問她當了多少錢，還給了她二十萬，要她安份點，不要太過招搖，等風頭過了再做打算。

◇◇◇

楚芸下班後決定再跟蹤一次溫太太。

整棟大樓的主人一個個都陸續歸巢了，五樓的溫家面對馬路的客廳燈沒亮著，楚芸不確定溫太太是否在家或外出。她等到飢腸轆轆了，看了手錶，十九點五十二分，正打算放棄離開，客廳的燈突然亮了起來——原來溫太太在家——沒多久燈就滅了。

楚芸才盤算了一會，就見那輛Audi駛出車道。

溫太太在萊爾富便利商店前停車，走了進去。楚芸看得清楚，車上沒載小孩。溫太太走出來時手上拿著一杯咖啡。

接著她就在巷弄裡左轉右拐，楚芸跟得有點昏頭轉向，覺得似乎有些詭異，好像故意在繞圈子。片刻後，她的機車還是緊跟著溫太太的車往產業道路騎去。

◇◇◇

目擊者說，他昨晚載他太太開車經過「南187」時，在那條路上唯一的加油站過去約兩公里左右，看到一男兩女停在路邊，宛如在爭吵，但他直覺地就往前開走。「莫管他人瓦上霜」是明哲保身的至高原則，直到今早他太太覺得不妥，才要他打電話報警。

楚芸的機車被發現時，距離目擊者說的時間已晚了十幾個小時。

侯霆煜是去找楚芸談有關趙主委的事時才知道她沒上班，也沒請假。他記得昨天楚芸並沒有說要去跟蹤溫太太或查什麼啊！

他猛打楚芸的手機，LINE不通、電話沒接。是否該打去她家問呢？臨時生病了嗎？直到他查詢警方通報系統，有人報案說在產業道路有一台車號MEH-8375的機車遺留在現場，以及有人看見昨晚同一地點有三個人發生爭執。

「都怪我不好，我不該讓她單獨去涉險的。」

「我應該要知道會有危險性的，以為她只是隨口說說，我怎麼如此大意呢！」

「她要是有任何閃失，我怎麼對她父母交代？」

侯霆煜與楚芸的媽媽通上電話後，證實了她昨晚沒有回家，急得如無頭蒼蠅團團轉，沮喪感不由自主地襲來。

現場沒有血跡、剎車痕，機車也完好如初，鑰匙還插在鑰匙孔上。只有落葉、菸蒂、飛舞的塑膠袋、碎紙張以及模糊的腳印，可人就這麼蒸發不見了。

「你先鎮定下來，回去大家商議個法子。」孫幗芳安撫他說，當下她也無法可想。

20

楚芸覺得頭昏欲吐，一股酸腐味湧上喉頭，她趕緊嚥了回去，才發現口乾舌燥，無法分泌唾液。

她一直處在半昏半醒的狀態，無法確定藥物造成的效應佔多少比例？饑渴所引起的疲倦又佔多少比例？腦袋現在迷糊地像生鏽未上油的齒輪無法運轉。

現在什麼時候了？她摸了摸口袋，沒有手機。再看看左手腕，手錶也不見了。她抬起右手，發出金屬噹啷聲，再動了動腳，噹啷聲更大聲了。

她倒抽了一口氣，用雙手扯著綁住右腳的鐵鏈，綁著右手的鐵鏈也同時被牽動往下拉扯。

一陣恐慌突然襲來，呼吸紊亂，身體猛地一陣痙攣。她抹去臉上的汗水，但又鹹又辛辣的淚水撲簌而下。好不容易冷靜下來，那股害怕驚懼的感覺又如潮水般撲天蓋地而來。

幽閉恐懼症就是這種感覺嗎？

她平時喜歡看恐怖片，現在倒好，演的不正是「奪魂鋸」的情節？只差沒有攝影機和monitor而已。

楚芸腦袋整個空蕩蕩的，等調息好正常呼吸，她試著回想這到底是怎麼回事？

◇◇◇

溫太太把車停在路旁，一名好像早就和她約好見面、戴著帽子的黑衣男子從一棵樹幹後方冒出來。兩人像老友般聊了起來，我不敢靠得太近，聽不見他們聊天的內容。

沒多久，兩人似乎為了什麼事開始發生口角。

男子少說也有一百八十公分，相對於嬌小的溫太太，就像大人在罵小孩。

我怕男子會對溫太太有什麼不利的舉動，只好下車驅前想瞭解並喝止。當我拿出警證要盤查時，黑衣男子從褲子口袋掏出一條手巾，一旋身就繞到我的右後方。

他的左手從我背後穿過左上臂，再往右肩把我緊緊箝住。

黑衣男子的力氣極大，我的雙手掙脫不出來，本想給他一個左拐子，還沒回過神來就聞到嗆鼻又帶點甜味的氣味。雖然有一股嘔吐感，但口鼻被他的手巾強壓住。

當我想到那是乙醚時，看到的是溫太太不懷好意的笑容。

◇◇◇

四下如夜間的墳場般一片寂靜，楚芸從未感覺過如此淒冷，猶如失啼的夜鶯，折翅的鳥兒。

她想，爸媽此時此刻應該是心急如焚，侯溜和分隊長他們肯定也是著急得坐立難安。一想到此，她就懊惱不已，自責自己的粗心大意。

她把左手放到眼前，雖然四周漆黑，還看得到輪廓。她眨了眨眼睛，等適應了幽微的光線，才漸漸看清楚這小小的空間——門口在她的右正前方，門框左邊似乎有幾個開關，天花板應該是經過裝潢的，裝有幾個崁燈，幽微的光線則是從門縫透進來的。

綁著楚芸右手和右腳的是一條鐵鏈，兩端穿過釘在她頭頂上方的鐵環，兩把一般市面上買得到的鑰匙鎖各自鎖住手和腳兩端的環扣，連腳銬手銬都沒有。

她學過用髮夾製作開鎖工具，一支彎折三分之一成L型，當作對鎖頭施力旋轉的迷你把手，一支用來作為試探頭，上下推動並試探鎖裡高低不同的針，不斷試著旋轉，直到將針上下分開。

但她往頭上一摸，平時習慣各戴一支一般的及Hello Kitty的髮夾都不在了。

楚芸把右手卷縮成鳥喙狀，用左手把鐵鏈往右手手指前端滑動，卻卡在腕關節處。她吐了幾口口水在腕關節上，直到血水滲出皮膚還是進不得半吋。

要是有乳液就好了。

還是把拇指掰斷讓手掌變小？可是手掙脫了，拖著鎖住右腳的鐵鏈出得了前方上鎖的門嗎？

屁股下的地板涼涼的，摸起來像是地磚。她直覺地往身上摸，沒有哪裡特別疼痛或異狀，看來歹徒並沒有傷害或侵犯她。

她試圖扶著牆壁站起來，一陣昏眩襲來，差點失去平衡。

等昏眩感過去，想往門口走去卻踢到一瓶礦泉水。

她緩緩地彎下腰來，摸到幾瓶水和幾包乾糧。再走幾步，鐵鏈就將她絆住了，她估計鐵鏈長約四到五公尺，而房間應該至少有六坪大。

楚芸豎起耳朵傾聽聲音，只聽到自己的心跳聲和呼吸聲，以及……，以及……

她明明聽到有窸窸窣窣的聲音啊！

「別自己嚇自己了，大不了是老鼠蟑螂吧？」楚芸啞然失笑——老鼠和蟑螂正是她的天敵。

她看過老鼠啃噬屍體的照片，獠牙之間吊著撕咬下來的肉塊，死者的肚子被咬了一個大洞，腸子、黏膜組織和融化了的脂肪流了出來。

她可不想要這種死法。

楚芸突然想到，歹徒沒把她的嘴巴用膠帶封住或塞任何布條，大概算準了她就算喊破喉嚨也沒人聽得見吧。放著幾瓶礦泉水和乾糧，也沒打算餓死她，她又沒什麼身價可作為談判的價碼，那麼歹徒究竟是打什麼如意算盤？

「聽說三天沒喝水會死，那麼多久沒吃東西才會死呢？」楚芸喃喃自語。

她又想到孫幗芳和父母：「侯溜和分隊長他們是不是找我找得快急死了呢？爸爸媽媽知道我被綁架，一定擔心死了。」

一想到急，她陡然感到尿急了。

她四顧張望，瞧見牆角有個類似尿壺形狀的東西，迫不及待就衝過去，歹徒也是算好距離不至於讓她拿不到尿壺吧。

一尿完她就覺得又餓又渴，舌頭像砂紙一樣粗乾。她慢慢的吞下一口水，把一包乾糧打開，吃得出來是花生夾心酥。

楚芸邊吃邊想，兩把鎖要是號碼鎖就好了。左右兩排數字按鍵的那種鎖，由左而下是1至5，由右而下是6到0，十個按鍵選五個號碼，從01234、01235一個一個慢慢試，總會打得開吧？

但我會記得住已試過的號碼嗎？43210和01234不是一樣嗎？

或者是四排都是0到9的轉盤密碼鎖，轉動數字，從0123、0124轉到9999……。

算了，歹徒才沒那麼笨。可惜我身上沒有髮夾或迴紋針可開鎖，唉，兩把鑰匙鎖就把我困住了。

她明知道徒勞無功，還是忍不住去拉扯鐵鏈。

◇ ◇ ◇

楚芸縮在牆邊，耳朵貼在牆壁上，沒聽到一絲絲吵雜的樂音或喧鬧的人聲，那麼之前聽到的窸窸窣窣是什麼聲音？她又仔細地聽了聽，果然聽到了另一種細微的、若隱若現的聲音。

估計一個多小時下來，她才適應了這個黑暗的環境。倏地，有東西從她的腳下快速爬了過去。

楚芸嚇得放聲尖叫，兩隻腳立刻縮起來，從門縫的光隱約看到它的外形，是從天花板，還是牆角、門縫跑進來的？

是夾心酥的味道把蟑螂引過來的嗎？

她趕忙把餅乾和乾糧往衣服裡面塞。

老鼠也來了。

老天啊！她哀嚎了一聲。

有一隻瞪著珠子似的小眼睛，在漆黑的空間格外清楚，探頭探腦的，彷彿還聽得見尖銳的牙齒饑渴地咔吱作響。還有一隻她只是驚鴻一瞥，就消失在黑暗中。

楚芸嚇得不知所措，有種叫天天不應、叫地地不靈的無助感。她的眼眶裡盡是淚水，但是她強忍著不讓眼淚掉下來，雖然她的確怕老鼠蟑螂怕得厲害。

一想到蟑螂腳上的倒勾和觸鬚，以及老鼠嘴裡的細菌和尖尖的爪子就感到噁心，何況還在身上爬。她緊張得心臟砰砰跳動，閉上眼睛不去想那兩種怪咖，哼唱著張惠妹的「一個人跳舞」壯膽。

我一個人跳舞，
從清晨到日暮，
散了算了吧，
再也不想他，
就痛到完全的麻木，
我一個人跳舞，
從清晨到日暮，
就回到最初……

21

侯霆煜拿著手機裡楚芸的照片到處問人，是否有見過或有任何印象都好。雖然徒勞無功，還是抱著一絲希望，只是會隱約浮現晦暗陰沉的景象，甚至變得越來越清晰寫實。

「該不會……？」不祥的預感在腦海裡盤旋不去，她的人生才剛要起步，才剛對她有一絲絲的喜歡……，他實在不敢再多想下去。

看著手機裡上次在義式餐廳大夥的合照，楚芸笑容滿面，侯霆煜內心卻在淌血。他好幾次去找楚芸的父母，就因為他們嘴上沒有抱怨的言語，反而更加重了侯霆煜的自責感。

楚芸的父親是退休的國小教師，母親還在一家民營銀行上班，這幾天兩人到處打電話問楚芸的朋友和同學，楚芸是否有和她們聯繫。獨生女失蹤了，他們倒很堅強，沒有終日以淚洗面，但深鎖未展的眉頭說明了他們的擔憂。

「小芸不會不告而別或做什麼傻事的，」他們雖然不清楚女兒發生了什麼事，反而希望接到陌生人要贖金的來電，至少知道楚芸還活著，而不是無止盡的煎熬。

「分隊長、侯警官，我們家小芸生活很單純，一下班就窩在家，也沒見她交男朋友，應該不是被新聞時常報導的恐怖情人擄走。」

楚爸爸紅著眼眶跟孫幗芳和侯霆煜說，楚媽媽則在一旁偷偷拭淚。

「楚爸、楚媽媽，小芸不會有事的，我們一定會盡全力尋找。」孫幗芳安慰著兩人。

◇　◇　◇

掙脫了！總算掙脫了！她高興不已，試了半天才把像被鐵鉗死死鉗住的鐵鏈從右手給鬆開。但手腕一陣陣的巨痛傳來，低頭一看，手掌只剩下連著碎肉的骨架，皮膚都隨著鐵鏈給刮除了。手背沒有了皮膚，手掌骨肉分離，還有絲絲血跡滴滲下來。

老鼠一聞到血的味道，傾巢而至，開始啃起她的手來。

「不要！不要！侯溜救我！」

楚芸從噩夢中驚醒，滿頭大汗，衣服濕了乾，乾了又濕。一想到被老鼠啃噬的夢境，猶然心有餘悸。

現在是什麼時候了？我被綁架多久了？楚芸扭動著身體，鐵鏈也跟著甩動著，發出鏗鏘的聲音，到底有沒有人來啊？

拍了拍牆壁，沒有回音。是個獨門獨戶的地下室？是荒山野地的廢棄工寮？她實在無法從外界聽到的任何聲音判斷身處何處。

她也不敢喝太多水，瓶裝水剩不多了。現在喉嚨像吞下滾燙的鉛那般燒灼著，她舔著乾裂的嘴唇，嘴裡也沒多少唾液可和著餅乾或乾糧吞下。她現在能體會行走在烈日沙漠的人只剩一壺水和幾片餅乾的心情了。

乾澀的雙眼加上沉重的眼皮，楚芸意志力快渙散了，覺得快虛脫了，是不是快要死了？她好想睡一覺，但想到老鼠又不得不振奮起來，逼不得已要和那些小惡魔博鬥時，必需要保留體力才行。

同時她也相信，侯溜一定會來救她的。

◇◇◇

楚芸聽到一陣沉重的腳步聲接進門邊，鎖被打開的喀擦聲之後是門把被輕輕的扭開，發出的嘎吱聲，一道約六十公分寬的門縫被打開了，接著一個人影映入室內。她在黑暗中看了個仔細，是綁架她的那個人沒錯。

「嘿，你是誰？把我抓來這裡想幹什麼？你要把我關多久？」

她扯開嘶啞的喉嚨問。

沒有回應。

男子低頭瞪視著她，彷彿只是在看地上的一坨屎。他把幾瓶水和麵包、餅乾放下，轉身就走了。

「喂，能不能給我盆水擦身體？」

門將再度被鎖上。

「嘿，你別走啊，人家ＭＣ來了！」

楚芸情急之下胡謅了一句，男子依然充耳不聞。

不到一分鐘，另一道門被關上的聲響傳來。

22

和老闆私下聊天，或聽他和貴賓餐聚時，會聽到一些立法院的新鮮事。

「那個在野的魯ＸＸ，還有游ＸＸ真不識好歹，以為發起霸占主席台、拉布條、用大聲公干擾報告，搞這些小動作就可以阻擋議會進行，根本是螂臂擋車。」

老闆已經喝得有點微醺了。

他們今天開了一瓶阿督諾酒莊的波爾多窖藏紅酒（Domaine des Graves d'Ardonneau Cuvée Prestige Rouge）和蘇格登單一麥芽威士忌（Singleton Single Malt Whisky）。

丁三賢委員自信滿滿的說道：「我看過影片，那個蔡ＸＸ才好笑，狗吠火車、跳樑小丑一個，我們人多，要投票表決、要打架都沒在怕的。」

「就是啊，在經濟委員會上我已經對『都更3.0』新法案釋出善意了，沒想到又他媽的給我扯後腿，說翻臉就翻臉。」

魏慶裕委員才拿著酒杯就口，好像想起什麼，咬牙切齒的說。

「是不是甜頭不夠，從黨到下頭分贓不均？」

「可不是，他們還想拿上次那個環評的提案當籌碼，媽的，真要上談判桌，我們穩贏不輸的，憨憨的搞不清楚狀況。」

簡歆茂委員也氣噗噗的道，把剩三分之一杯的威士忌猛地一口就喝下去，讓冰塊撞擊玻璃杯發出輕脆的鏗鏘作響。

在「公民監督國會聯盟」對立委的評比上頭，給魏慶裕和簡歆茂委員的星數不少，但他們的提案數、通過數及修正量、口頭發言卻不多。

他們四人在立法院合稱「立法院四匹狼」，分別是戰狼、蒼狼、邪狼、赤狼，不同縣市的立委因同屬「新秩序連線」派系而結盟。

老闆提議道：「嘿，透露一點小道消息給Y電視台、T媒體，還有嗆辣NewNews如何？」

「不錯喔，看敵營怎麼出招，讓他們內部先把茶壺裡的風暴掀起來，等自己慌了陣腳，我們再殺他個措手不及，坐收漁翁之利？」

在座幾個立委都覺得這主意不錯，一致的點頭。

「我看邱ＸＸ那女的有夠辣的，掐脖子、扯頭髮、無影腿都來，有一次我的眼鏡就被她撞飛了。」

簡歆茂委員將威士忌倒滿半杯。

「我們董〇〇立委也不遑多讓啊，還有姜〇〇立委、盧〇〇立委，那一次沒有她們女將發揮的餘地？」

丁三賢委員嘴巴很會說，上一屆當在野黨時，總是把行政官員罵得像罵龜孫子一樣，但說起打架反而像烏龜一樣縮起來不見蹤影。

他最近被某週刊拍到和同縣同選區的的敵營女議員上摩鐵，官方說法是：議員是他和太太共同的好友，兩人只是兄妹情，上摩鐵是為了不好在公共場合談公事。這件新聞被三個人調侃了好久，都說他偷吃不會擦嘴。

「說實話，有時候看一群娘子軍打架也蠻好看的。」

「齁，你很變態哦，來啦，cheers!」

「可不是嗎，我們男立委也該去健身房動動了，打架輸給女的太難看了。」

老闆好像輸人不輸陣似的，不甘示弱的說。

「賴立委，我看你是在說你自己吧，至少我這顆肚子沒你的大。」

魏慶裕比了比自己的肚子。

簡歆茂則對魏慶裕委員的神來一句哈哈大笑，「你是五十步笑一百步吧？」

「好啦，趙匡胤杯酒釋兵權，我們也來學學北燕的文成皇帝馮跋[13]，酒酣耳熱就可治國。乎乾啦！」

◇◇◇

[13] 據《晉書》記載，馮跋「飲酒一石不亂」，一石相當於現在的20450 ml，等於34瓶600 ml的金牌啤酒。

他輕柔地進入，我嗯叫了一聲，雙臂使勁抱緊他，讓他更靠近自己，進得更深。被他宰制著，我以熱情回應。我的嘴唇飢渴地搜尋他的，有些悸動又有些享受。彼此探索、吸吮，我們是如此的契合。

歡愉一波波隨著他緊繃的衝刺而來，我低喘著配合他的節奏，彼此的身體以一種熟悉的舞步似的同時擺動。

我不自覺地拱起腰部，慾火灼燒全身，感覺天旋地轉。他朝著我的耳際一邊噴吐狎言穢語，一邊加足馬力挺進。

等到他微張著口發出野獸般的怒吼，魂魄猶如氣球洩氣般抽離了身體，伴隨的是一陣陣悠長的鼻息喘聲，而我感受到的酥麻感也轉成迷囈般的歎息。

◇◇◇

我沿著她的脖子、鎖骨梭巡，再往下舔舐著她乳白的雙峰，柔軟又豐盈。同時也聞得到她身上的香氣，感受得到溫暖的吐息。

兩手從她背脊凹成的一條淺淺溝槽下滑，到扶著她的腰，配合她的身體上下擺動，一朵朵愉悅怡人的火焰之花在體內炸開，繽紛斑爛，光彩華麗。如火山，似溶岩，像流光，若瀑布。身體隨之猛烈晃動，晃出嫩芽新葉，長出花苞，開出繁花。

我把臉埋在她雙峰之間，有淡淡的梔子花清新香甜、不膩不稠的味道，就像是初夏的感覺。再輕輕咬噬、刷拂堅挺的乳尖，她發出陣陣呢喃聲。

她的一隻腿被我抬起靠在我肩上，我慢慢推進。她的小腹隨著腰部往上挺起、收縮，某個地方開始躁動起來。我以自己的步調推送，狂潮隨著每次衝刺一波一波襲捲而來。

「不要停！」我聽得見她如歌似泣的呻吟與喟嘆聲。

放肆的情欲就在兩具身軀之間流淌。

◇◇◇

「我為什麼想當立委？立委是個迷人且受愛戴的角色，在這個光環的操縱和引導下，要那些擁護者鼓掌喝彩、嬉笑怒罵，他們總是會配合演出。」

「老闆，你說的是鐵粉——賴粉。」

「有時候亂開的政治支票連神明都不信了，誰會相信？或者說，到底誰相信這些鬼話？那些鐵粉總是盲目追隨，終究是不夠理性的。但我卻很享受且樂在其中，或者說每個政治人物都渴望有這些死忠的fans。」

老闆說完，自己就哈哈大笑，宛如講了一個沒人笑的笑話，要用笑聲來掩飾。

他今天不知哪根筋不對，才喝了幾杯竟和我聊起政治來。

我儘量幫他把杯子斟滿，陪著笑臉，避免尷尬。

「告訴你喔，」老闆他說，「你想要把事情做好，但是手上若沒有權利就做不到，如果拿不到選票你就無法大權在握，唯一可以拿到選票的辦法就是先滿足民眾。這麼一來，滿足民眾的同時，有時候你得捨棄想要做好事情的初衷。」

從他所說的，我猜想他剛踏進政壇時，應該也是有番雄心壯志的。

「政治就是一種奇怪又誘人的遊戲。槍枝和警徽對於執法人員就像麻醉劑和解剖刀對於醫師一樣——都有莫名的吸引力，都是令人興奮的主宰象徵。但……」

老闆停頓了一會，彷彿忘了要說什麼。

「喔，對了，權力和金錢。我們政治人物只要掌握了權力，就可決定遊戲規則，也可隨時改變所訂的遊戲規則，但遊戲最終目的還不是為了錢。」

「老闆，你說的太深奧了，我聽不太懂，我只知道『政治是最高明的騙術』。」

我和他打哈哈，有時候要裝傻，迎合他的心意。其實誰都知道，一旦沾上政治，內心的妖魔鬼怪都跑出來了。

「來，陪我喝幾杯！」

我把他和我的酒杯都倒滿，我倆的酒量都還算不錯的。

「有道是『人沒錢不如鬼，湯沒鹽不如水，好心不如一張好嘴』。所以當立委要能言善道，要能把黑的說成白的。在立法院要應付太多虛情假意、言不由衷的人事物，甚至同黨同志之間的爾虞我詐。」

我記得老闆曾經說過，黨內同志為了一個提名名額，爭得頭破血流，各派系明爭暗鬥的例子。

他也是有野心的，他說政治就是要會權謀算計，好歹也當個百里侯，撈個市長過過癮。

「你都不知道，立法院就像一座民主動物園，有豺狼虎豹，也有溫柔的小白兔，慵懶的樹懶，但最後都要被貼上不同顏色的標籤。」

「老闆，您覺得『狼』是在哪個層級？」

「當然是在吃人的、吃低等動物那一級的。」

「是非對錯可用普世價值衡量嗎？」

他在等我回答，但我無語。

「錯了！各個政黨都有自己的是非標準，唯有席次過半，才能依我們的標準來執政，否則都是空談。」

他的語氣像是在問現在幾點？你吃飽了沒？我聽得一頭霧水，就當他有牢騷無處發洩。

老闆娘和她兩個女兒都在美國，每四年選舉一到才回來助選，展現全家和樂融融的假象。

實際上老闆娘對老闆的花心根本無計可施，礙於老闆給她母女的安家費夠她們在國外吃香喝辣，不虞匱乏，就睜隻眼閉隻眼，只要不搞出私生子來就好。

雖然以老闆的地位，應不至於自掘墳墓才是，有私生子絕對是對手攻擊的好題材。但老闆娘還是堅持要把某個親戚安插在國會當助理，同時當她的眼線。

老闆話鋒一轉，意有所指地說：「信任就像童真，只能失去一次。」

他還露出一個促狹笑容。

我想起老闆說他小時候喜歡的玩具的事，起了一陣寒顫，他是在暗示他知道我和Anita的事嗎？他不但是個精明的賭徒，也是個不擇手段的人——是那種假如他認為顛倒是非對他有利，就會毫不遲疑放手去做的人。

老闆可以要我去殺汪治邦和溫清凱，也絕對有辦法幹掉我。

◇◇◇

「那老色胚跟我說，『妳可知道有多少主動投懷送抱的女人像蒼蠅一樣附過來，趕都趕不走？我看上妳是妳上輩子修來的福份』。他是在威脅我嗎？」

Anita忿忿的說著，任淚水肆意的落下。

老闆的耳目眾多，每次和Anita私下見面都要非常小心翼翼地，若東窗事發惹他不高興，他脾氣一來會翻臉不認人，甚至睚眥必報，誰知道他會用什麼手段對付我們。

「他還把我推給簡歆茂和丁三賢。」

「我怎麼不知道？」

突來的憤怒像一頭野獸不斷在我體內衝撞。

「不是你來載的當然不知道，呷好逗相報是不是？那個姓丁的更變態，我都成了高級妓女了。」

Anita的語氣從委屈無助，變成明顯的鄙視，憤怒中又夾雜著諷刺，對我的不滿不知積累了多久，要我觸及她內心最脆弱的一環才爆發出來。

我衝動地抱住她，「妳不要這麼說，是我不好，都是我不好，沒能力保護妳！」

「哼，別看他戴著眼鏡，一副道貌岸然的樣子，他最變態了。每次他的司機把他和我載去賴信鴻的招待所就離開，他會把立法院上演的那套搬過來……」

「他有沒有傷害妳？」我急了，問道。

「還好，我要他加碼才會配合。有時候他會帶豬頭面具，脖子上掛一串香腸，還好不是生的豬大腸。有時候會用塑膠鏈子把自己綁在門把上，讓我牽著爬上床。他要演完才會勃起，但沒兩三下就繳械了。」

她說得煞有其事，說著說著就冷笑了起來，我的內心卻在淌血。

「我都想好了，台版魷魚遊戲——立法院之群魔亂舞。一二三木頭人，扮紙紮人比看哪一邊不會動的多，哪一邊的提案就過關。分兩邊比丟豬內臟，看那邊丟得多。議事桌的桌面改成強化玻璃和一般玻璃，看哪邊沒摔死先跳到主席台。沒上場參加的就在對營潑水、噴彩帶搗亂。還可比扯麥克風，限定時間內比哪方扯得多。」

「虧妳想得出來。」我用食指在她額頭上一點，「每次載妳去和他相好，妳知道我心有多痛嗎？簡直是錐心刺骨！」

「我又何嘗不是？」

我無法想像那個畫面、那個場景，每次閉上眼睛，老闆和Anita交媾的畫面就陰魂不散的盤踞在腦海裡。

那是眼睜睜看著心愛的女人被遭蹋、被凌辱卻束手無策的錐心之痛。

我也會吃醋，會忌妒，明知他們只是逢場作戲，但當Anita騎著我，我往上看著她，即使我在她裡面，想到的卻是——那不是我，是老闆。

啊！我遲早會瘋掉。

◇◇◇

「和我在一起，你浪費生命，我浪費的是時間，我們不會有結果的。」

Anita是要提分手嗎？

這陣子她常有意無意的提起這無解的話題。

「那幾個老色胚脫掉褲子的時候，什麼都答應，什麼都願意。你看過賭徒贏了幾把後嘴角上揚竊喜的樣子吧？」

「你能給我什麼？不切實際的承諾？」

冷漠淡然的慘笑浮現在Anita臉上。

我無言以對。

「每次完事他們都給我五萬塊，」她從皮包裡拿出現金，以示所言不假。「什麼都是假的，只有鈔票才是真的。」

「妳不是拜金的女人，別自欺欺人了。」

我已做好心理準備，等著她的眼睛對我噴出怒火，但我看到的只是空洞與鐵青的臉。

「你根本就不瞭解我。你會讓我感到脆弱，還有緊張，最好不要和我們這種人再有瓜葛，我全身都是藏汙納垢的……」

我看到她雙眼中閃過一抹痛苦，明顯得就像我剛朝她胸口捅了一刀。

她話未說完我的嘴就堵了上去，「傻瓜，我沒有瞧不起妳，我也高尚不到哪裡去，別這麼想，更別說那種喪氣的話，別再貶低自己好嗎？」

Anita深深的嘆了一口氣，把頭撇向一旁。

◇◇◇

老闆問我說，我知道三國董卓和呂布的事吧？

他是在暗示什麼？

我又想起之前他說過他對鍾愛的玩具是如何處理的。

他是在暗示他知道我和Anita的事嗎？我最近總是疑神疑鬼。

「開車接送妳到老闆那裡，我都覺得自己根本就像個馬伕。」

「你可以拒絕啊，有膽嗎？」

每次看老闆用一抹幾不可見的微笑凝視著Anita，眼裡卻透露著占有，我的心就像被一隻爪子抓住，猛力擰絞。

我還要裝做事不關己，對Anita打聲招呼「嗨！」，我耳中聽見自己的聲音是那麼刺耳且虛假，同時也在她眼裡看見我自己有多麼的不堪。

「老闆好像知道了。」

「那更好，我們跟他攤牌。要不，你走你的陽關道，我過我的獨木橋。」

Anita又提起分手的事。

「別這麼說，我會想辦法的。」

會嗎？我心虛的說，感到口是心非。

「有時候我都覺得你擺明了是瞧不起我，從你講話的口氣，我都可以感覺得到那鄙視的意味。」

「沒有，沒這回事。我說真的！」

我寧可她悲憤到極點給我一巴掌，但那股慍色消退後，眼裡倒是噙滿淚水。

她的脾氣拗起來像孩子，屬發條的性子越擰越上勁，我不希望所有的努力都白費、都被忽視掉。

她給我輕輕的一吻，水凌凌的雙唇，是那麼肉活活的嫩紅，我完全臣服了。

◇◇◇

我喜歡在妳身後看著鏡中的妳。

我把妳摟在懷裡，未刮鬍子的下巴輕輕擱在妳肩上，用微微長出的鬍渣摩娑妳的鎖骨，我們靠得那麼近，妳的呼吸似乎在跟我耳語。

「說一段王家衛『重慶森林』裡的台詞給妳聽好嗎？」

「嗯。」

「我每天都會在路上和許多人擦身而過，我不會想到也許有一天她會成為我的朋友或知己。」

Anita把我的頭扶向更靠近她的臉。

我接著說：「當時那個女孩離我只有就零點零一釐米，五十七個小時之後，我愛上了那個女孩。那個——Anita」

「傻瓜，我已毫無保留、無可救藥地愛上你了。」

她回報我一個更深情的，包容的，溫暖的吻。

抑制的情欲在彼此之間瞬間爆發，我熱切回應她的吻，她狠狠的咬住我的唇，我感覺到Anita柔軟的雙唇，也感覺到牙齒磨蹭的輕微撞擊，有什麼東西終於再也無法壓抑，飢渴又爆裂，再也無法等待，再也無法隱藏。

她用她的雙唇在我的臉上寫下了魔咒，我的呼吸、我的心和我的夢都被她偷走了。

那怕水面上看似風平浪靜，水面下萬劫不復、洶湧暗潮，我都義無反顧了。

23

侯霆煜試著揣測楚芸會走的路線。

她的機車沒理由被棄之不管，被那對男女綁架的可能性很高。女的是溫太太嗎？那麼男的是誰？

目擊者說那對男女當下好像在爭執，是為了故意引誘楚芸設的陷阱嗎？

楚芸的手機被丟棄在產業道路盡頭一旁的稻田，電池和機身分離了，SIM卡被拔掉沒找到，可惜產業道路沒有裝設監視器。

是否要找溫太太問個清楚？

侯霆煜一則怕打草驚蛇，再則想也知道她會矢口否認。

她開的Audi的行車記錄器要嘛不會交出來，要嘛都刪光了。若向社區、商家調閱監視畫面有用嗎？能證明什麼？沒拍到楚芸被綁架的畫面，都無法讓她俯首認罪。

綁匪一直沒有打電話到楚芸家裡勒索贖金，楚芸是生是死，就像一塊疙瘩、一根在喉之鯁，一直擱在侯霆煜內心、喉間煎熬著，難受著。心中的百味雜陳，翻江倒海，不吐不快。

侯霆煜發狂似的尋找楚芸，孫幗芳有空就陪著他漫無目標到處找，她沒想到會變得如此棘手，與其說是幫忙找人，倒不如說是陪在身邊安撫他的情緒。

大家下班或輪休也都自願幫忙尋找楚芸的下落，雖然知道希望渺茫，總是比乾著急好。排水溝、河圳、在整地的工地、荒廢的農地都有他們逡巡的蹤跡。

「分隊長，我想破頭也想不出來，活生生的一個人就憑空消失了。我不信找不到人，就算最壞的打算，也要找到遺體。」

「我瞭解，我們隊上每個人都祈望楚芸平安沒事，也都會一起尋找的。歹徒敢公然向警方挑釁，幕後恐怕有一隻黑手在操控。」

高子俊眼看失蹤了多天的楚芸仍無下落，就決定請偵搜隊支援搜救及尋找。

◇　◇　◇

「哇塞，中獎了！」

偵搜隊帶著偵搜犬在轄內山區及偏遠地區的空屋、廢棄工寮進行搜救，同時出動空拍機在目標處所周遭及上空偵蒐地面。F市一年到頭熾熱酷毒的太陽把人曬得汗如雨下，濕熱交蒸，每個偵搜隊隊員背上都貼著濕漉漉的衣服。

偵搜犬在台22線25.4公里、兩個行政區交界處的公墓一個空墓穴中發現一具白骨骸，上頭還附著著肌肉與軟骨組織，有被動物啃噬的痕跡。

有幾條原本被人踩出的小徑因叢生的雜草使得搜救隊有點滯礙難行，發現的骨骸被已經咬得破碎支離的帆布袋裝著。

破損的衣服上頭除了公墓的泥土、鬼針草種子、沙塵、雜草、落葉、碎金紙屑外，還有類似香的灰燼。若是將祖先遷到靈骨塔，會把墓碑破壞掉一角，留下剩一處窟窿的空墓穴，裝在帆布袋、遭啃噬的骨骸會在空墓穴裡絕對不尋常。

同時間相隔兩、三百公尺的一棵樹下掩埋著一具小骨骸也被偵搜犬找到。

侯霆煜以為找到的是楚芸的屍骨，算算日子才想起不可能那麼快就變成白骨，他是急得糊塗了。

理論上，在溫濕度高的環境曝露在空氣中的屍體是有可能一個多月就白骨化，但楚芸才失蹤幾天，除非遇害後屍體被野狗野貓啃噬，但也會有大部位殘肉及蛆蛆在上面才是——找到的骨骸只剩三四成殘肉與軟骨組織。

「我看你是得了恐慌症了。」孫幗芳笑笑說，試圖化解他緊繃的情緒。

24

徐易鳴先將兩具骨頭採樣送去做DNA比對，已鑑定出具有親子關係。

「剛生產完的女子子宮壁還呈海綿狀，內膜比較厚，比正常子宮大，子宮底會高過恥骨。可惜她的子宮被咬得差不多了，看不太出來。」

徐易鳴從「恥骨聯合[14]」判斷出大的是一具女性的骨骸，對孫幗芳和侯霆煜說：「直接棄屍在空墓穴，根本就是要吸引野貓野狗過來，很多生物跡證都找不到了。」

他又用高壓鍋煮恥骨聯合，再用止血鉗將軟骨組織一點點、一點點慢慢的剝離。

「把恥骨聯合和牙齒一起來判斷，年齡約在二十歲上下。」

「好年輕啊！」孫幗芳驚呼。

侯霆煜則說：「比楚芸年輕！」

「可不是嗎。你們看喔，她的顱骨有凹陷性和粉碎性骨折現象。」

孫幗芳順著徐易鳴的止血鉗看過去，「被多次敲擊的？」

14 人體左右兩側恥骨在骨盆下方聯合在一起，聯合的面稱作恥骨聯合面。這個面會隨著年齡增長呈現一種規律的改變，根據多個特徵點換算成數值，帶入迴歸方程式可計算出死者的年齡，誤差可小到±2歲。

「嗯哼，撞擊力道使顱骨向內彎曲，沿著多條壓力線裂開，先從受力的中心點形成同心圓放射狀骨折線。再多次敲擊後，顱骨往內推向腦部，形成凹陷，原先的骨折線就有了截斷跡象。」

「所以死因是……？」徐易鳴講得有點專業，孫幗芳乾脆直接問死因。

「腦挫傷！」

徐易鳴回答得言簡意賅。

「小孩看來只有幾個月大，就不驗了。每次幫小孩或嬰幼兒驗屍，一整天下來，心情就會down到谷底。他們還來不及長大，生命的最後一刻又不知承受著多大的痛楚。這孩子被虐死的機率很大，只差別在生前或死後遭到活埋。」

「怎麼辨識呢？」侯霆煜問。

「若生前遭到活埋，食道或氣管可能會有沙子等異物，死後活埋就不會有。」

「你說可能是被虐死的？」孫幗芳不放過，繼續問。

「我猜啦，抓我語病喔？」徐易鳴指著小孩的頭顱，「現在只剩白骨了，只看到顱部也有骨折線。」

「是啊，最近父母或保姆不滿小孩哭鬧，盛怒之下的虐童事件層出不窮。」

「不是有報導托育中心的托育員集體虐童嗎？孩子情緒失控爆哭，托育員輪流拖行小孩，把他們拋摔在地上……，」

「你說得讓我以後都不敢生小孩了。」孫幗芳搖著頭說道。

「那可不行。現在都少子化了，你們年輕人又不婚不生，老人則孤獨死，很難想像多年後會是什麼樣的社會形態。對了，妳男友跟妳求婚沒？」

她的眼裡帶著笑意。

「有時候啊妳要學凱撒拋出『骰子已經擲了，就這樣吧！』逼他就範。」

「你以為結婚和生小孩像破釜沉舟那麼簡單？」

「我就這樣啊，有道是『頭哪剃落去，毋洗甘袂使』。」

「齁，先上車後補票！」侯霆煜誇飾的說。

「呿！胡說些什麼？吃了王崧驊的口水啦？」

孫幗芳交往多年的男友杜至勳曾被挾持當人質、歷經死裡逃生事件（見《謀殺法則》一書），在她與歹徒周旋的同時，也知道了男友劈腿偷吃。儘管杜至勳表示過懺悔，試圖修補兩人之間的裂縫，但有愛情潔癖的孫幗芳心裡頭一直有個疙瘩存在。

經過一段時間分開，因為愛貓的結紮讓兩人又舊情復燃，也有結婚的打算。但杜至勳前陣子被公司調到東南亞，婚事就暫時擱置了。

「我們扯遠了，徐法醫。」孫幗芳嬌笑說。

「哦，說到哪了？」
「你說小孩可能被虐死？」
「是的，若是遭到虐死，不外乎就是窒息死亡、顱內出血及腹部臟器破裂。」
「會有什麼症狀呢？」
「被掐死就觀察頸部的舌骨或甲狀囊骨是否斷裂。」
徐易鳴邊用人體器官模型邊解說，讓孫幗芳和侯霆煜瞭解。
「被悶死就看眼瞼、鞏膜有沒有瘀點在末梢的軟組織；靜脈有沒有充血及浮腫；或嘴唇、指甲和眼角膜是否發紫。
「至於被摔死或被打死，可觀察骨頭是否有結骨痂、頭骨是否破裂、顱內出血及腹部臟器破裂等等。」
徐易鳴催促兩人，「趕快去找屍源吧，我的看家本領都快被你們挖光了，兇手應該不難找！」

25

自從縣市合併後，統籌分配款總額是提昇了，但更多資源皆投注於都會區，原本的鄉村區依然邊陲，失衡狀況更加嚴重。

台22線全長34.42公里，跨了四個行政區[15]，交界處多為山區，地理上有所阻隔，生活、工作、教育、娛樂到醫療皆無法融入都市生活圈。人口嚴重外移及老化，除了幾條人口集中的街道外，幅員廣大的山區、農地常常不見人煙。

四個行政區都派出轄區員警去警勤區以處所、戶別實施地毯式訪查，希望查出半年內生產完卻失蹤的女子，同時也利用全國警政系統比對失蹤者。員警也特別留意家中有設壇拜拜的或廟宇做訪查。

「萬慈堂」是一間位於大崙區普敬路上的家庭式神壇，是間未向內政部登記的「私壇」。據當地人說，那是老爸留給兒子接手的。壇主姓潘，原本有一位乩身可開壇幫人問事消災解厄，不

15 此為小說情節，非實際狀況。

知何時開始出現一位聖姑。

萬慈堂奉祀的是瑤池金母，聖姑來了之後，很多信眾傳說不論求財富、求姻緣、找失物、斬小三救婚姻都很靈驗。平日晚上寂靜無聲的小地方街道，若還看得到燈火通明在開壇的，那就是萬慈堂了。

「聖姑是沒有『坐禁』的『生童』[16]，阮在地人都清楚，但問事者都不以為意了，阮也不會去多事，何況大家都說伊很靈驗。只是有時候晚上開壇很吵，阮庄腳人又習慣早睡。」

一位受轄區員警訪查的歐巴桑說，「我也在當場看過，聖姑的神色、音色、說話內容都變成聖母，好像喔！」

「妳見過瑤池金母講話的樣子？」

「么壽喔，你不信就不要黑白講。」

「妳說的聖姑長怎樣？多大了？」

轄區員警趕緊回歸正題。

「伊二十歲有了吧？還是十九歲……？剛來的時候還長得膨皮膨皮的（臉頰飽滿豐盈），我看智商好像有點問題，眼神飄來飄去，問伊事情也答得二二六六的。」

16 尚未學習法事的乩童稱為「生童」，修煉完成的則稱為「熟童」。生童要先坐禁，閉關修養身心，考驗乩童是否能與鬼神連繫，成為神靈附體之人。傳達神諭時以吟唱口述方式的是「文乩」，持法器驅魔鎮煞的是「武乩」。

「妳們這邊的人都見過她？」
「伊很少出門。我曾向壇主私下打聽過伊的事，……」
「什麼事？繼續說啊！」
「壇主說伊是他朋友的小孩，聖母指示要在廟裡修行。」歐巴桑再用食指、中指併攏比自己額頭，「你知道什麼意思吧？」
「阿達？」
「看起來是，但不嚴重，也不曉得是先天的還是後天受到刺激。」
「這樣也能當乩童？」
「警官，瑤池金母要降駕附身在誰身上是看祂的旨意，哪怕乩童是白癡也有人相信。」
「姓潘的壇主是個羅漢腳（單身），印象中好像沒有結過婚，早先是有幾個女人跟過他啦，但都沒有結果，也沒有小孩。開壇時伊負責抬手轎，祈求瑤池金母降駕，附身到聖姑。聖姑被附身後，伊則擔任桌頭翻譯，將瑤池金母透過聖姑所說的話或寫的文字，回答信眾問的各類問題。」
歐巴桑話匣子全開，讓轄區員警覺得不虛此行。
「他多大年紀？」
「五十好幾囉。」
「相差三十歲的孤男寡女住在一起？」

「警官，別說恁都市人開放，阮對這種事也是睜隻眼閉隻眼的，人家高興就好，又沒犯法，干阮什麼底代？」

「呵呵，是啦，是啦！」

「大概半年多之前吧，我這種明眼人一看聖姑的身形就猜到伊懷孕了。」

「壇主的？」

「阿哉，但是你跟我猜的一樣。我也好奇問過伊……，」

「結果……？」

「伊說聖姑沒有懷孕，是最近吃太多，胖了。」

「講噯洨的？」

「嘿啊，沒多久就沒見過聖姑了。伊說聖姑身體不適，回她媽媽家去休養一陣子。」

訪查至此，轄區員警也記錄了不少訊息。

歐巴桑意猶未盡，繼續說下去。

「阮村裡啊以前有個老芋仔娶了一個原住民，兩人差了近四十歲，生了一個智商不足的女兒。沒多久伊的某拿了伊的印章和存摺把存款提光光，跟一個年輕的……，恁叫什麼肉的跑了。」

「小鮮肉。」

「叫小鮮肉哦，我記下來了。那個老芋仔七十多歲又體弱多病，那有時間和精力教養女兒，伊十幾歲就懷孕了，也不曉得是誰的種。」

「後來呢？」

「後來老芋仔死了，女兒和孫子被分別送到收容所和孤兒院。」

「我是問那個聖姑後來呢？」

「哦，聖姑不在，也就沒開壇了。我在隔壁村有見過伊兩次，第二次看到時肚子已經很大了。過沒兩個月，母子就被送回來了。」

「她回來後壇主就繼續開壇問事？」

「才沒有咧。」

「為什麼？」

「阮大家都不清楚是什麼原因為何沒再開壇。聽伊的鄰居說，小孩白天很乖，也不知道是給伊吃了什麼藥還是喝了什麼，到了晚上就會哭得很大聲。厝邊隔壁都聽得到伊在大聲罵母子兩人。」

「幾乎天天嗎？」

「大概是吧。反正罵得越凶，小孩子哭得越凶。」

「虐待小孩？沒人報案？」

「不敢說是。又沒人看見，誰會雞婆去報案？也就是在那一晚罵得特別凶之後，大家都沒再見過聖姑。」

「失蹤了？」

「我偷偷的問伊的厝邊，你知道怎麼說嗎？」
轄區員警搖搖頭，笑著說：「我又不是妳肚子裡的迴蟲。」
「伊說瑤池金母指示，聖姑難渡化，把母子兩個都趕回去了！」

26

經由殘缺的衣物，蘇穎珊的母親認為骨骸是她女兒及孫子的可能性極高，加上她說女兒的牙齒右下兩顆臼齒蛀過牙，有用樹脂填補過，再比對ＤＮＡ後就確定兩具白骨的身分了。

單親的蘇媽媽平日靠幫鄰居採水果、包水果賺的一點點微薄錢維生，但都拿去打麻將，教養蘇穎珊的方式就是放牛吃草。她經由牌咖的引介到萬慈堂問事，進而認識壇主，兩人一拍即合，就把女兒送到萬慈堂了。當蘇穎珊懷孕、回家生子，還要靠她養，對她而言絕對不是甜蜜的負擔。

看到女兒和孫子化成一堆白骨，雖然哭得很大聲，卻不見她掉下眼淚。

「別小看鄉下歐巴桑喔，其實她們才是觀察入微，很多小細節都逃不過她們的眼睛。」

「還有嘴巴。」王崧驊接話說。

孫幗芳瞪了他一眼。

王崧驊立馬解釋，「我是說口耳相傳啦。」

◇　◇　◇

孫幗芳和侯霆煜來萬慈堂之前已先向當地派出所打聽過了，萬慈堂主祀瑤池金母，陪祀是曹飛大仙和中壇元帥等神明。潘姓壇主的老爸搬來沒多久就開了壇，過著「收現金、不欠帳、免納稅」的宮廟人生。

「瑤池金母我知道，曹飛大仙是八仙中的曹國舅……？」侯霆煜胡猜一通。

「亂講！聽說曹飛大仙原本是隻大鵬鳥，轉世成春秋時代的魯國元帥，再轉世成名醫扁鵲。他完成三世輪轉後劃下了圓滿功德，深獲玉皇大帝之德心，就賜給他九條鏈珠帝帽，勒封為曹府三大帝，以效天命、普渡眾生。」

「這妳也信？」

「聽聽就好，信徒心靈要有寄託，就怕神棍裝神弄鬼。」

兩人聊著聊著就走到了萬慈堂。

它的外觀和一般民房無異，只是門口有一座三腳香爐，裡頭還插著幾枝冒著裊裊白煙的香。門口兩側豎立著黑令旗，迎風飄揚，發出輕微的颯颯聲。抬頭一望，大門上懸掛著一塊黑底金字的匾額，上頭刻著「萬慈堂」三字。

進門後大堂中間端坐著一尊玉面金身、慈眉善目的神像，下層的神祉想必曹飛大仙和中壇元帥了。堂內點著大小串環香和粗如大拇指的燒香，令不抽菸的孫幗芳嗆得不舒服，但她仍不免俗地躬身一拜——俗話說「入廟拜神」，有拜有保庇嘛。

「咦，這神像怎麼像是小孩子啊？」侯霆煜悄聲的問。

孫幗芳答說：「中壇元帥就是三太子——李哪吒。」

「是喔，還真是不怕燒錯香，就怕拜錯佛啊。」

萬慈堂壇主潘鎮富年逾五十，身材中等瘦長，乾扁的臉龐上已出現老人斑，盡是疲憊神情，早衰現象一覽無餘。

侯霆煜心想，終日待在煙霧繚繞的環境，是不是容易讓人變得衰老？

他正在替一個臉色發青的小孩子收驚，一手拿著三柱香，一手拿著一張符籙，口中唸著收驚文：「一道清香通法界，拜請聖母來收驚，囝仔囝仔毋通驚，心肝頭按乎定。三魂歸做一路返，七魄歸做一路回，吾奉聖母急急如律令，敕！」

等他結束後收了收驚費正要收拾道具時，看到孫幗芳上前一步亮出的證件，臉上原本掛著的笑容頓時垮了下來。

◇ ◇ ◇

潘鎮富沒通過測謊，但堅稱自己沒有涉案。

王崧驊不動聲色的打量著他，要潘鎮富詳細說明蘇穎珊產後回到萬慈堂期間，他的行蹤以及相關事證。

「那麼久了哪記得起來，不是在堂裡就是到處串門子吧。」

有些員警為了搶功，會採用疲勞訊問和刑求逼供，不完善的偵訊只會造成冤獄。而長期偵訊也許會把受訊人的精神和生理狀況逼到臨界點，讓他無法辨駁而供出犯案的供述，不得不認罪。或者有意無意地在肢體、口頭上蹭他、惹毛他，讓他沉不住氣而做出抓狂的事，好多告他一條妨礙公務來談交換條件，這也是一種辦案伎倆。

但潘鎮富看樣子不是情感脆弱的人，目前還能操控自己的精神狀態。

「蘇穎珊和她兒子是你殺的！我們已採集到罪證。」

王崧驊改採用壓迫性的問話技巧，想用激烈的口吻壓制他。

「我說過好幾遍了，沒有就是沒有。警官，我再說一遍：『我讓她回去她媽媽那裡後，就──沒──再──見──過──她們了』，要不現在就把我移送法辦嘛。」

「胡說！她媽媽說蘇穎珊坐完月子就讓她回去萬慈堂，之後就再也沒見過了，你說的日期和她媽媽說的兜不攏。」

「你們就相信她不相信我，搞不好她回去的途中遇害，搞不好是她媽媽殺的，搞不好……」

潘鎮富一直在閃爍其詞，顧左右而言他。

王崧驊走出偵訊室，讓蔡伯諺看管著他，由潘鎮富自行胡思亂猜，無法預料王崧驊再回來時會出什麼招數？掌握了什麼證據？

孫幗芳和鑑識組在偵訊潘鎮富前去了萬慈堂一趟，想搜找徐易鳴要的敲擊凶器。但已經經過幾個月了，就算人是潘鎮富殺的，凶器恐怕早就被他處理掉了。也許蘇穎珊和她兒子是被他抓著頭去撞牆或撞桌椅，而不是被木棍、鐵管之類的鈍器敲擊致死。

小孩子骨頭脆弱，大人光用拳頭捶擊也有可能敲碎。

沒有確切的人證、物證，強要羈押他也站不住腳。

「我們會找到證人的，總會有人看到蘇穎珊最後出現在萬慈堂。」王崧驊氣得牙癢癢的，「搞不好孩子是你的？等一下我帶你去採集精液。」

潘鎮富聽到要採集精液，神色忽然一變，「我……，我不想驗。」

「由不得你說不要。」

「我有病，……，逆行射精。」他說得小聲又支吾。

「逆什麼東西？」

潘鎮富沒有回答，過會兒才說：「我想保持緘默。」

「你也知道行使緘默權喔？」

王崧驊透過耳機聽見在偵訊室單面鏡後的孫幗芳跟侯霆煜討論什麼是逆行射精。

「我記得以前偵辦過一件性侵案，歹徒也是以他有這個毛病脫罪。男性的前列腺可以分泌少量液體，可做『精斑預試驗[17]』，但性高潮時精液不會從尿道口向前射出，而是向後注入膀胱。」

「所以歹徒就利用這一點，犯案時不會留下有細胞核的精子，驗不出ＤＮＡ？」

「沒錯，後來有幾個受害人出面指認，徐法醫才想到歹徒可能患有這個疾病。」

「這疾病反而促使他反覆犯罪？」

「欸，可不是嗎。」

孫幗芳透過耳麥告訴王崧驊：「崧驊，你問他是否因為攝護腺肥大，原本有吃治療攝護腺的藥物，或是做過電刀刮除手術的後遺症，造成逆行射精？」

王崧驊問的結果，果然證實了孫幗芳的猜測。

「我們查過你的資料，十幾年前的性侵前科……，我看看報告怎麼寫的？」

王崧驊想突破他的心防，瞎掰潘鎮富有性侵前科。

「我要找律師！」

王崧驊讓蔡伯諺留下來做筆錄，他則走到觀察室。

「那老小子有三白眼耶！」王崧驊像發現新大陸似的。

17 利用酸性磷酸酶反應或精斑試紙測試是否有人類精斑，陽性則表示有精斑反應。

「三白眼？你會看面相啊？」孫幗芳發噱著問。

「有三白眼的人冷默無情，又陰又險，」王崧驊解釋道，「他們的瞳孔偏上或偏下，眼球沒被虹膜涵蓋到，看起來眼白很多，又分上三白、下三白。妳記不記得有好幾件家暴案的施暴者就是這個樣？還有幾個角頭老大也是？個性暴躁、控制欲強、疑心病重……，」

「還心狠手辣對不對？呿，我看你改行去做面相家好了。」

◇◇◇

我忌妒老闆擁有比錢和權力更重要的東西——那就是Anita。

我已習慣每次載老闆和不同女人回他的別墅前，老闆會先把管家支開，他在三樓主臥室行歡，我會在二樓客廳等待。

他不習慣鎖門，我則習慣戴耳機玩線上遊戲打發時間，一兩個小時很快就過去了。

但自從換了Anita來，我總是如坐針氈，有一股想衝上去制止他們的衝動。有時候我刻意不把耳機全罩戴上，老闆狎褻聲和Anita的淫浪聲從樓上的門縫流洩出來，我聽得怒不可遏。即使戴好耳機，心思也不在遊戲上。

Anita會假裝很享受、假裝老闆很行、假裝……，她的配合度十足，除了不會主動以外。

可是我假裝不了。

她不主動愛撫、不主動親熱，尤其不主動親嘴，她說那是她最後的堅持。老闆要愛撫、要親熱、要親嘴，她都是被動的配合。

至少目前為止，沒聽老闆嫌棄過她。

Anita之前說老闆花樣越來越多了。我知道他沒有吃威而鋼硬不起來，但搞太多花招讓Anita受不了，實在太過分——特別是今天。

Anita上樓前跟我說她的MC來了，來不及買衛生棉，希望老闆大發慈悲，讓她幫他服務就好。

我輕握著她的手，表示委屈妳了。

三樓傳來幾聲淒厲的叫聲，我不確定那是否是他們玩遊戲時Anita做出的效果，就置若罔聞，只是坐立難安得難受。

我把電視聲音調得更大聲些。

《漆黑的反叛者（Final Fantasy XIV：Shadowbringers）》遊戲裡「愛梅特賽爾克」與NPC（非玩家角色Non-Player Character）的互動已引不起我的關注，只有爆破和摧毀「伊修加德住宅區」的聲音可稍微分散我的注意力，但我知道蒙蔽不了我的心智。

老闆與Anita的臉交疊，變成一張恐怖、令人憎惡，又無辜可憐、無處不在的臉。而接連聽到的尖叫聲卻讓我再也無法置身事外了。

◇◇◇

潘鎮富被釋放後沒多久就自行出面投案，兩眼布滿了血絲，比起上次偵訊時眼神渙散，神形又萎靡很多，黑眼圈蝕刻在臉上。

他說他累得打盹或想小寐一下都不得安寧，更不用說可好好睡一覺了。他總覺得有人在他耳邊發出響聲，四處張望卻什麼都沒看見。眼睛一閉上再張開，就瞧見瑤池金母身邊穿肚兜的金童從神桌上跳了下來。

「把拔，把拔……」

潘鎮富聽到這叫聲，驚恐地直瞪著他——像極了蘇穎珊的兒子。

「來陪我玩啦，把拔……」

「不，不，不要！你別，別過來……」

他臉色慘白，跌跌撞撞退到牆邊，小孩越來靠越近，突然變成蘇穎珊的臉凝視著他。潘鎮富感到無比的絕望，卻啞然喊不出聲來。

「自從把他們埋了以後，我每晚都睡不著，你們上次找我問訊時，本想承認人是我殺的，但是一想到小孩不知道是哪個野男人的種，拎北擱愛飼伊就袂爽。」

「那也犯不著殺他們啊？何況DNA一驗不就知道了。」

「我也不是故意的。囝仔日也哭暝也哭，白天我在奶瓶裡加酒讓他閉嘴，可是到了晚上這一招就沒有用，還是哭鬧不停，吵得我快抓狂了。那女的只會生不會哄，也跟著大哭大鬧，我……，我一氣之下用力摑了囝仔的頭和臉好幾巴掌，她手上抱著的小孩就失手滑了下去，頭撞到床邊堅硬的東西，好像又摔到地面。」

潘鎮富哭喪著臉，回憶著說。

「斷氣了？」

「不是很清楚。蘇穎珊發現她兒子不哭了，便抓狂似的抓住我不放，歇斯底里的鬼叫，我心一橫，就用腳踹她，頭部、臉部、身上……，我，我不記得了。」

「把人踹到死了？」

潘鎮富低頭不語，久久才說：「我走出房間，她也跟出來糾纏不清，我推她去撞佛桌，撞翻了香爐，香灰掉落一地，我慌了，就……，」

「蘇穎珊的衣服有檢驗到香灰，原來如此。」

王崧驊也很想踹他幾腳，他試想著案發經過：

蘇穎珊連滾帶爬地追出來，反被潘鎮富抓著頭髮甩向佛桌尖角，頭破了，血流了一地。潘鎮富獸性大發，又再次抓住她，她百般掙扎，仍逃不過臉部的挫傷、頭部的撕裂傷、顱內的出血及肋骨的骨折。

現場一片狼藉，香爐、線香、香灰散落一地，沾著血跡的繡彩被扯了下來，而佛桌上的幾尊神像眼睜睜的看著這一幕發生，無能為力。

「You're weird!」王崧驊是這麼罵的。

「汝講啥？」

「說你去吃屎啦！」

「想也知道你一定性侵過她，之前偵訊時問過你，你都不承認，簡直是禽獸不如。把一個弱智女子當成禁臠，對付無辜又沒有自我保護能力的稚子又是如此凶殘，你看你的瑤池金母饒不饒你。」

潘鎮富雙唇緊閉，沉默以對，從滿面憂容看來，他是默認了。

「怎麼處理屍體的？」王崧驊問道。

◇◇◇

台22線25.4公里位處大崙區和新埔區交界，馬路一邊是公墓，一邊是私人的農地。發現蘇穎珊和小孩骨骸的空墓穴就位於公墓一處隱密處，四周雜草和老樹叢生，若不到清明時節村民去整理打掃，一年到頭恐怕都人煙罕至。新的喪家也都選擇安奉在靈骨塔，縣市合併後市府規劃要遷葬，卻遲未執行。

「我把母子兩人的屍體用帆布袋裝著，立在機車前方踏板，後方綁著鏟子，雖然帆布袋晃晃撞撞的，但沒多久就載到公墓了。」

潘鎮富望著前方，抽一口王崧驊遞給他的菸。

「當晚月光很亮，我將帆布袋扛在肩上，鏟子充當拐杖，走到你們發現屍骨的地方。我老爸就葬在附近，每年掃墓都熟門熟路了，那裡平日都沒有人會到，晚上更好棄屍。

「一路上除了自己的腳步聲外，就只有風吹過的沙沙聲響，我卻冒出一頭冷汗。我把小孩子埋了後，忽然感覺一陣陣的陰風吹來，心裡一慌張，就把蘇穎珊拖到旁邊一處空墓穴丟進去，再挖些泥土蓋上去，埋屍的鏟子在回來的途中也隨手丟掉了。」

潘鎮富一五一十的招供後就被移送到地檢署。

如果說冥冥之中是瑤池金母顯靈破案，說得過去嗎？

◇◇◇

Anita掙扎著想推開老闆龐大的身軀，老闆則奮力的蠕動著。

我怒火攻心地衝進臥室，二話不說就抄起床頭櫃上的檯燈，以大理石底座猛力敲向老闆。

老闆發出一聲悶響，被敲擊兩下後就如泰山壓頂般俯趴倒向Anita。

他的自律神經產生痙攣，Anita則尖聲大叫。

我扳開他的右肩膀，把他從Anita身上翻拉起來，往一邊推開。他呈「大」字仰躺姿勢，眼皮對我猛眨，像被沖上岸的魚般翕張著嘴巴，像似想對我發出最後的求救。

從他後腦勺流出的血慢慢的滲透了床單及另一個枕頭。

Anita看到這幕場景，嚇得呆若木雞的僵坐著，雙眼發直，身體簌簌發抖，宛如靈魂被抽離，正等待回竅。

她喃喃的唸著，我幾乎聽不到她在說什麼，細聽之下才知道她哭唸著說：「我殺人了，我殺人了，他死了嗎……？」

我此刻才意會到我失手殺了老闆。

他死了嗎？我伸手探視老闆的鼻息，再摸他的脈搏。

不容再細想了，我稍加安撫Anita，等她定下神來就催促她趕快著裝，同時我把我和Anita的指紋仔細的擦拭乾淨後才從容地離開。

27

犯罪現場是沉默的目擊證人，很多證據真相都藏在細節裡。

許佑祥將犯罪現場劃分為九宮格，先從左上方的床頭櫃開始搜索，再查看地板、門口。接著先略過中間的大張雙人床，從在床對面掛在牆上的液晶電視及一旁的梳妝台檢查。右方則是另一個沒有檯燈的床頭櫃、一組小沙發，然後一道門進去是更衣間及浴室。

落地窗打開，寬廣的陽台有日式禪風的簡單造景，遮陽棚下有一組籐製的座椅、茶几和陽傘，可想像躺在抱枕上多麼有度假的氣氛。

更衣間的衣物擺掛得很整齊，浴室的藥櫃有一盒拆封過、還剩下三顆的威而鋼和一支氣喘用的噴霧吸入器，盥洗用具與毛巾則是如飯店擺設一般整齊。

只是毛巾架似乎少了一條，但衣物籃則空無一物。

另一名跡證採集人員廖晉文則在命案現場以外的場域進行蒐證，不放過可疑的凶器、指紋、腳印、菸蒂、喝過的茶杯及血跡等等。

許佑祥回過頭來詳細採集躺著立委的雙人床上有用的跡證——任何蛛絲馬跡的微量跡證——有兩組指紋和幾根短髮，沒有帶毛囊的長髮，床上有汗漬（或是唾液），還有……，

「哇靠！」徐易鳴打從門口看到床上的景象就大驚失色。

「你真是不鳴則已，一鳴驚人啊！」王崧驊還沒走到門口就聽到徐易鳴的驚嘆聲，忍不住用他名字挖苦他。

「Crazy shit!」換王崧驊也啐罵了一句。

已著好防護衣、口罩、髮帽、乳膠手套及紙鞋套的兩人，呆立在門口。

「徐法醫，你們兩位可以進來了。」過了一陣子，許佑祥採證告一段落才招呼他們。

「沒看過死成這副德性的。」徐易鳴回過神來，murmur著進入犯罪現場。

徐易鳴看過多數升斗小民、尋常百姓屍體各式各樣的死狀，猙獰恐怖的、扭曲變形的、死不瞑目的、面目全非的、無辜或意外枉死的。達官貴人全裸被殺，死在自家床上則是頭一遭——更不用說還像隻燈枯油盡的鯨豚。

◇　◇　◇

報案的是任職立委家多年、年紀約五十多歲的江姓女管家。

賴信鴻的別墅位於大馬路的巷子內，鬧中取靜又交通便捷，有幾台閃爍著紅藍色閃燈的警車

從立委家門口延停到巷道口，隔著擋風玻璃還看得到員警在車內打電話聯絡事情。光是歐式雕花鍛鐵大門就比旁邊幾間傳統透天厝顯得氣派非凡，造價不菲的白色花崗石外牆將房子襯托得令人高不可攀。庭院內花木扶疏，處處是漂亮的的園藝造景。

一樓的車庫可停三台車，目前停著一台Volvo和凌志汽車（鑑識人員正在採集跡證），此外就是一間招待訪客的大廳和一廚一衛，以及洗衣、曬衣間。

二樓的客廳、廚房、陽台是賴信鴻生活起居的活動範圍，此外還有書房及客房（女管家住在其中一間有衛浴的客房）與兩間共用的衛浴室。

三樓才是他及家人住的房間，除了那間大主臥外，還有三間有衛浴的次臥。

制服員警姓薛，他獲報抵達現場時沒有發現歹徒在場。他摸不到立委的脈搏，想來已死亡氣絕多時，便沒叫救護車。接著他又立刻通報勤務指揮中心，然後拍照並保全現場等鑑識人員到場。

他再將主臥室、大門入口、房子外圍設為三層封鎖線來管制現場，然後檢查有沒有非法侵入的跡象，至於財物損失則有待追查確認。

薛姓員警謹遵第一時間到場的初步處理ＳＯＰ。

現在他正在對女管家做筆錄。

江嫂驚魂未定，哭哭啼啼的說：「立法院休會期間或周休假日，立委若沒說有應酬要出門，我都會準備三餐，但今天他只說要留下來吃晚餐，還讓我休假半天。」

她原本想泡杯茶壓壓驚，但員警告訴她先不要碰任何東西。

「我當下嚇得兩腿發軟，根本就慌了手腳，差點奪門而出。噢，不對，我馬上跑到樓下去打電話。跟你說喔，我現場除了臥室門把和電話，其他都沒碰喔。我心頭亂糟糟的，但還知道要趕快打給幾個人。我第一個想到的是在美國的太太。」

「妳沒先打電話報案？」

「對啊！」

「那妳有沒有想到凶手可能還待在屋內？」

「對喔，我怎麼沒想到？聽你這麼一說，真是阿彌陀佛，菩薩保佑。我要是早點回來撞見凶手，恐怕也會被滅口喔？」

薛員警點點頭表示認同。

「我沒聯絡上太太，就再打給立委的主任秘書。他要我先報警，並說他還在立法院處理要給立委上台質詢的報告及給立委在委員會要提的案子，看來也不用處理了，他告訴我說會馬上搭高鐵趕過來。

「第三通則打給沈特助，他通常都在立委身邊跟前跟後的，他也說要我打電話報警。我第四通才打１１０報案。」

薛員警邊錄音邊做筆記，「那位沈特助只有說這樣？」

「嗯。」

江嫂搔了搔頭，想了一會兒，但沒有再多做補充。

她抽了幾張衛生紙，擤了一把鼻涕。「我回來時大門是上鎖的，我不曉得立委是外出未歸還是在房間休息，但當下決定先不去打擾他，打算等我煮好晚餐才去敲他的房門。後來想想，還是先去問他想不想吃人參雞及水果和風沙拉。」

「你問誰有鑰匙喔？兩道大門都需用指紋辨識才能開啟，有建檔能進來的沒幾個，其餘房間才用鑰匙進入。立委他不習慣鎖門。有幾次他鎖了房門一時找不到鑰匙，後來索性就不鎖了。反正他信任我，房子又有監視器，但我去敲門時門是上鎖的。」

「所以房門是妳打開的？妳回來的時間是幾點幾分？發現屍體的時間呢？有不在場證明嗎？」員警又問了一些例行性問題。

江嫂又補充說：「因為太太和小姐幾乎都在美國，所以我做的工作相對比較簡單。立委他對下人都很好，怎麼會死得這麼慘哪！」她擦眼淚和鼻涕的衛生紙已用掉了一大半，「他總是說在外面吃多了山珍海味，在家吃清淡養生的就好，而且他不會挑嘴。

「平時吃完早餐後，我會先將衣服放進洗衣機洗，對，他沒有要求要手洗，太太和小姐才會指定貼身衣物要手洗，立委的衣物只要不要和我的共洗就好，名貴的衣服送乾洗店即可。然後去市場買新鮮的食材，回來該切該洗的準備好。家裡的一切清潔打掃也是我負責的，晚上把他的衣服熨燙折疊好，一天下來就可休息了。

「你問花圃園丁啊？花圃有請固定的園藝人員定時來整修，我只負責每天澆水，不要讓花草枯萎。嗯，今天不是整修花圃的日子，是的，我確定，整修花圃我都會在。」

「對了，法醫要我問妳，浴室的藥櫃和臥室床頭櫃的抽屜有噴霧吸入器，那是治療哮喘用的，妳知不知道立委有這個毛病？」

江嫂愣怔了一會，搖頭說：「我不懂那是什麼藥，也沒聽說立委有什麼隱疾。」

薛員警再問：「妳知道立委把妳支開時會帶女人回家嗎？」

江嫂直搖頭，支吾的說：「這我不清楚、也不知道。」

員警問不出所以然來，但隱約知道她有所隱瞞。

◇◇◇

徐易鳴對屍體做過「靜態勘查」後就開始檢查屍斑、屍僵、眼角膜的混濁程度以及超生反應[18]來推斷死亡時間。

賴信鴻的屍斑集中在背部，看起來是沒被移動過，按壓後還會褪色。屍僵也還沒在大關節處形成，尚在「形成期」，所以徐易鳴先粗步估算死亡時間在八小時以內。

[18] 生物個體死亡後，其器官、組織和細胞在短時間內仍保持某些活動功能，對外界的刺激發生一定反應的能力。其表現有瞳孔反應、斷頭反應、骨骼肌反應、心肌收縮、腸蠕動、精細胞活動。

至於屍溫他暫時不考慮，因為管家發現屍體時房間的冷氣是開著的，許佑祥進來就把它關了。屍溫可能下降了又上升，用來估算死亡時間就不準了。

管家一早八點就休假離開了，下午五點收假，這段時間的某個時點應該就是賴信鴻的死亡時間。

「確實的死亡時間還是要解剖才能確定。」但徐易鳴這麼說。

賴信鴻以大字形、全身赤裸仰躺在主臥室king size的雙人床上，一片暗紅色的血漬從他的頭部流出，滲進了透水性強的枕頭和床單。

詭異的是，有一個鬆垮的保險套有三分之一還套掛在他的陰莖上，三分之二則垂在床上。仔細一看，有些許血液沾在上面，套子裡面也有些微的精液。

◇　◇　◇

「那是血液嗎？」王崧驊趨前一瞧。

「是。」徐易鳴答。

「經血？」王崧驊問。

徐易鳴搖頭。

「不是還是不知道？」王崧驊再問。
「放進證物袋給許組長帶回去檢驗，我覺得八成是。」
「ＭＣ的血可以驗出ＤＮＡ嗎？賴立委似乎死前正在做那件事？」
徐易鳴訕笑著說：「第一個問題我可以回答，第二個問題嘛，你去問他。」
說著手一指，就指向躺在床上的賴信鴻。
「Shit，逮到機會你就要給我吐槽。」
「互相漏氣求進步嘛。」
徐易鳴收起笑臉，一本正經的說：「經血是鑑定的『特殊樣本』，若能找到那位女性的『常規樣本』，像血痕、帶毛囊的毛髮、口腔拭子，就可相互比對是否吻合了。」
羅啟鋒趕到時，徐易鳴和王崧驊正要把屍體翻過來。
他看到被敲擊的沙漏狀創傷，聯想到的是半熟的水煮蛋，蛋殼被敲出裂縫再被撥開，蛋黃從裂開的蛋殼流出來，但還懸在半軟的蛋白上。
「確定是賴信鴻立委？」
徐易鳴和王崧驊不約而同地點著頭。
「那麼事情大條了！」
羅啟鋒唉嘆了一長聲。

28

孫幗芳緊急聯絡上賴信鴻在美國的老婆，賴太太一聽說賴信鴻是橫死在床上，大概也猜到了幾分。她不想要賴信鴻再被解剖驗屍，在電話中只同意照X光驗致命的傷口，並說她會即刻辦理手續買機票回國。

「我能拜託妳一件事嗎？你們若對外發佈案情，就說他是『急性心肌梗塞併發心因性休克』走的，請幫他保留一點顏面。」

賴太太在長途電話中委婉但堅定的說。她也許是不想還有其他不堪的致命原因被媒體大作文章，但涉及謀殺就沒有隱私可言，最終還是要赤裸裸地被公開。

孫幗芳事後想起，她在電話中沒聽到或聽出賴太太有一絲絲的傷懷涕零或抽噎啜泣。她當時也沒有立場或權責能答應她——不要公開說立委是被謀殺的。

孫幗芳很清楚，立委之死一定會造成社會轟動，各種譴責的輿論和莫衷一是的猜測會排山倒海而來。若不能儘早破案，整個警界會雞飛狗跳，上層給的破案壓力絕對非同小可。

若依賴太太所言，以心肌梗塞結案終究紙會包不住火。是當時和委員有親密關係的女子一人所為？還是有其他共犯下的毒手？絕對要查個水落石出，不可能讓他們逍遙法外的。

「許佑祥組長的檢驗報告說，在床上及枕頭上有採集到清晰的指紋和幾根短髮，但沒有帶毛囊的長髮，其中的一枚指紋和短髮確定是賴信鴻的。」

高子俊此時正召集大家開緊急會議。

「管家平時會清掃擦拭，但沒道理除了許組長採集到的指紋外，其他地方都被擦拭得很乾淨啊？像臥室及浴室的門把、開關，燈座、抽屜、遙控器等等。」

孫幗芳簡報完鑑識組的報告後提出疑問。

「凶手怕留下跡證吧，那幾個地方沒有立委的指紋反而是欲蓋彌彰。」王崧驊回說。

他接著把警方針對幾個可疑人物調查後的報告一一提出：

「一、立委管家的不在場證明是她到她姐姐位於本市鄰區的家裡作客，已證實無誤。

二、主任秘書一直待在立法院的國會辦公室，其他的國會助理都可做證。他已回來幫忙處理善後事宜。

三、嫌疑最大的沈姓特助則一直沒聯絡上，也沒出現。管家後來想到，才告訴警方說：『沈特助在電話中有說他正在休假，好像有說他會趕回來，但沒說當時人在哪裡，我也沒多問』。

最後是那位神祕女子，還沒查到是何方神聖。」

◇◇◇

「為什麼不是……男的或第三性公關？」阿丹吞吞吐吐的問。

「你想太多了，立委要是有斷袖癖，狗仔會放過嗎？醜聞早就滿天飛了。」

「我認為凶器應該是原本放置於右邊床頭櫃的檯燈。管家說原本有兩個一模一樣、維納斯女神當燈柱的大理石底座檯燈，歹徒極有可能拿來當做凶器。

「大理石燈座重量不輕，足足有一點二公斤，敲擊立委的後腦後再一併帶走。」侯霆煜胸有成竹的說，「我覺得那位沈特助的嫌疑很大。還有，別忘了賴立委別墅監視器的記憶卡不見了，顯見是熟人所為。」

高子俊和孫幗芳也都認同這一點。

她再補充說，賴信鴻的鄰居都是舊式透天厝，沒有一家裝有攝影機，巷子口也沒有公設的監視器，否則或許可拍到那段時間誰經過或進入賴信鴻的家。

「許組長說他模擬過了，以帶回去的檯燈猛力敲擊假人的後腦勺，它呈現的創傷口大致和立委頭部的傷口差不多。」

王崧驊也補充說明許佑祥的報告內容。

「賴信鴻這幾年風風火火的，樹大招風，庸才才不會招人忌，他有多少仇人？得罪過多少人？商場及政壇的敵人名單恐怕是落落長。死在床上單純是個爭風吃醋的隨機殺人意外，還是對手尋仇策劃已久的謀殺陷阱？」高子俊拋出暫時無解的問題。

接著他要侯霆煜跟大家說明尋找楚芸下落的進度，但只能悵然若失的以「一無所獲」窘迫帶過。

「等賴太太回國後，羅檢座要我和他一起召開記者會，除了立委的死因外，凶手是誰？還有我們自己人不見了，這兩件都很讓我感到很頭痛。此外，別忘了汪治邦和溫清凱的案子也還沒破，兩案之間應該只有關聯，沒有巧合。」

高子俊難得表現出挫敗的樣子。

◇◇◇

徐易鳴的助理蘇肇鑫把拍好的X光片從大信封袋裡拿出來，再把片子夾上燈箱，按下開關，亮了光的燈箱照出一個頭骨的影像。

「現在不都是用PACS[19]系統電腦連線，X光一照，影像就從電腦螢幕show出來？」

王崧驊故意酸徐易鳴，「還在洗X光片子啊，太落伍了吧？」

「你以為我這裡是醫學中心還是中央級的法醫研究中心，錢多啊？」

19 醫學影像存檔與通信系統（Picture Archiving and Communication System），是一種專門用來儲存、取得、傳送與展示醫療影像的電腦或網路系統。

阿丹插話說：「兩位大大一見面就愛抬槓，真是兩個老小孩。」

王崧驊帶了阿丹來實習。

「嘿，你是我的slacker還是loafer啊？人家楚芸都比你強。」

「史瑞克？落後？」

「他講你壞話，說你很雷啦，不上道啦。」

徐易鳴反將王崧驊一軍。

「人字縫[20]和枕骨大孔[21]都被擊出凹陷性骨折的骨折線了，顯見當下敲擊力道頗大的。」

徐易鳴邊看片子邊錄音，今天的解剖檯上沒有賴信鴻躺在上面。

「這裡有一道放射狀的骨折線，看得出兩個不同的敲擊點。」

「這也看得出來？」王崧驊好奇的問。

「我比對過從立委家的主臥室拿回來的床頭櫃檯燈，加上許組長模擬了犯案人員在犯罪現場的行凶過程，你們瞧……，

「第一記落在後腦勺人字縫附近，形成一道細裂紋，往耳朵方向伸展。第二記力道比較大，把枕骨大孔往下擠壓，裂紋碰到第一記裂紋就停了，於是骨頭碎片嵌進腦內部。」

20 成人的顱骨藉由冠狀縫、矢狀縫、人字縫將29塊骨骼緊密連結，後腦勺的枕骨和頂骨形成的間隙為人字縫。

21 頂骨之後，並延伸至顱底，在枕骨的下面中央的大孔。

「若及時叫救護車來得及嗎？」阿丹提問。

「難講，別問我，得去問神經外科醫師。若是一般的腦挫傷都可及時救治，但破裂的血管會使血壓增高，造成腦疝（Brain herniation），那是可能致死的。」

「這只是我個人觀點，Don't flame me.」

他也學王崧驊落了一句英文。

「不用動刀解剖我就可以預見顱內的損傷了，跟你們講喔……，」徐易鳴神祕兮兮的，「其實我很想解剖他，一定有很多『好料』。」

「哈，我就知道，只是照個X光怎餵得飽你的胃口？」

「我倒是抽了他的眼球玻璃體液，這可以測試死後的鉀濃度，用來估計死亡時間。」徐易鳴向兩人眨了眨眼。

「徐法醫，我請教你哦，心肌梗塞的解剖是怎樣的症狀？」阿丹好奇的問道。

「你要考我老人家就說嘛，我想想啊。……」

他搔了搔下巴，說道：「若是心肌梗塞，血栓會堵住左冠狀動脈，阻斷流向左心室的血流，心室壁會有深色的斑點及白色心尖疤痕，可用心臟酵素來確認。」

29

君悅八方一位女公關來電。

「聽到立委死亡的消息實在太令人震撼了，他人滿不錯的……，」對方一聽到孫幗芳出聲，就好像手上有顆燙手山芋要急著把它丟出去。

會轉到孫幗芳手上，應該是勤務中心聽出事態嚴重等級了。

雖然還不知道對方打這通電話來的目的，但一聽到與立委有關，孫幗芳就旋即機警了起來，哪怕只是一些細微的蛛絲馬跡，都可能是破案的關鍵。

「不要急，能先請教您貴姓嗎？」孫幗芳先安撫對方的情緒。

「叫我Caroline就行了。」

「好的，Caroline，妳說妳認識賴信鴻立委？」

最近死掉的立委就他一個了。

「是啊，噢，也沒有很熟啦。妳別管我啦，我只是要說，立委的死可能和我們店裡一位女公關有關。」

「哪一個，怎麼說呢？」

孫幗芳耐著性子聽，希望Caroline也能提供有力的證據。

「立委和她最近走得很勤，他們……，」

Caroline話講得吞吞吐吐的。

「所以他們是……？」

孫幗芳試著引導她繼續說下去。

Caroline靜默了幾秒，聽得見話筒傳來的背景聲，那是便利商店客人上門就自動響起的叮咚聲。

「他們一定有關係，我認為……，妳不會把我說的洩漏出去吧？我還要混的。」

Caroline像是想到什麼重要的事，急著要先確定做完後才能接著做下一件事。

「妳儘管放心，我們談話的內容絕對是保密的。」

「我說的他們，其實是……，」

Caroline這次停頓得更久了，似有難言的苦衷。

「其實是我的直覺啦！」

孫幗芳有點錯愕了——證人的「直覺」？

「沒關係，妳倒是說說看。」

Caroline吞了一口口水才一口氣說出來：「我說的他們，其實是Anita和立委的特助。」

「Anita和立委的特助？兩人和命案有何關係？」

這下子孫幗芳更好奇了。

「我每次瞧著立委的特助看Anita的眼神就是不對勁，跟妳說喔，我的直覺很準的。」

「妳是說……？」

Caroline沒聽到孫幗芳的接話，仍繼續說著：「立委的特助有時候來載Anita去立委那裡，眼神充滿了怨懟、不甘心，還有……，關懷。那是他之前載其他的小姐從來沒有的眼神。他的眼神夾雜了欣慕和嫉妒，那是愛一個人才會露出的眼神。」

孫幗芳試著消化Caroline說的內容。

「那又怎樣呢？」

「他來載Anita去立委那裡，是……，是要……，」Caroline鼓起極大的勇氣才說完一句話，「是要去服務立委的。」

孫幗芳聽到「服務」兩字就瞭解了，不料Caroline繼續加碼。

「我也服務過立委，他都會吃威而剛，有時還會拿大麻讓我和他一起抽再辦事。」

「立委的哪一位特助？」孫幗芳大致了解了。

「我都聽立委叫他『老鬼』。」

孫幗芳露出一個狡黠的笑容，她想到了，他們曾經打過照面。

◇◇◇

「Anita這幾天都沒來上班，我怎麼找都找不到人，」君悅八方酒店的李經理回覆孫幗芳是這麼說的，「要不要報失蹤啊？」

「從哪一天開始沒去上班？」

「她前天應該要上夜班的，我還派人去她住的地方找，好像都沒回去過。」

「她曠班前一天是不是有和誰……出場？」孫幗芳斟酌著講「出場」這兩個字，不知是否是正確的字眼。

「這……，這能講嗎？」

李經理猶豫了好久才忐忑不安的說：「其實Anita蠻潔身自愛的，即使被框出場也不做S，直到賴立委看上了她……。

「他們如何喬價碼的我不清楚，一來賴立委是我們酒店的大股東，二來他較少在上班時間找Anita，就沒有出場費抽成的問題。」

孫幗芳靜靜的聆聽，偶爾插些語助詞——嗯，是。

李經理又接續著說：「是有聽說Anita跟其他小姐抱怨過啦，說立委給她的價碼不低，但有些奇怪的花樣還是會受不了，嗯，妳知道我也不方便問她太詳細吧。立委在固定找Anita之前也曾帶Caroline和Phoebe出場過。

「我知道妳要問我立委之死和她是否有關，我只能說，人應該不是Anita殺的。」

◇◇◇

Anita本名黃怡晴，是G市人，三十二歲的單親媽媽，撫養一名七歲兒子，目前寄託給母親照顧。前夫因販毒被叛刑五年，尚在服刑中。

她也是君悅八方酒店的紅牌公關。

轄區的派出所員警幾次到她老家探訪，都沒見到她的蹤影，她六十多歲的母親也是一問三不知。

「汝擱來找阮阿晴喔？」

黃怡晴的母親以為這次來的員警與上次那位是同一人。

她的身體還很硬朗，平日會接組裝代工消耗時間，現在做的家庭代工只需把一種香片放入袋子再封口，小小的客廳散置了很多成品與半成品。

「是啊，阿桑，汝做這個甘好賺？」

「閒閒沒代誌，老人工嘛，加減賺啦。」

員警看著客廳擺的一張照片問，「這汝孫喔？足古錐呢。」

「嘿啊，這時袸底學校讀冊啦。阮阿晴伊這暫仔攏毋轉來。大人啊，有啥物代誌欲找伊？」

員警不想透露過多事情讓老人家擔心。

「汝敢知影欲去佗位找伊？或是伊底時會轉來？」

「毋知咧，攏是伊咯電話來。」
「哪是安捏，汝敢會使共伊電話予我？」
管區員警要不到黃怡晴的電話，只能留下聯絡電話給她的母親，女兒若回來就轉告她要到派出所一趟。
「唔嚴重㖿？」
「沒啥咪大代誌啦，只是要問伊一些問題。」

◇◇◇

管家口中的沈特助及Caroline說的老鬼就是同一人，自從賴信鴻死後，他和Anita都失聯了。孫幗芳他們把凶手指向老鬼和Anita兩人。

經由曾interview過老鬼的主任秘書提供的資料得知，綽號「老鬼」的沈孟洲曾是陸軍航特部所屬的「高空特種勤務中隊（ASSC，Airborne Special Service Company）」的一員。陸軍稱為「自強中隊」，與海軍陸戰隊特勤隊（俗稱「黑衣部隊」）及憲兵特勤隊合稱國軍三大特勤隊。因為神祕性質，民間形容為「荒山惡鬼」。

警方透過內政部向國防部調閱沈孟洲的檔案，查知他在服役期間，因為於休假時與另外三名同袍上舞廳、吸食ＬＳＤ、遇上火警，導致一人被燒死，一人住院，因而被退訓。

30

> 夠驚悚才能譁眾取寵
> 活脫是怪胎荒誕秀
> 歡迎您對號入座
> 別吊觀眾胃口

主持人在助理導播喊出：「三、二、一，Cue!」後，先望向亮燈的一號攝影機。鏡頭先對焦在她打了過多玻尿酸的臉上，再切到二號機往後拉出她全身及後方布景，接著帶出今天所有參加的來賓。

她露出一口矯正過的貝齒，眼睛瞇成一條線，笑容可掬的說：「真相挖呀挖，為您挖新聞，為您挖真相。歡迎收看『真相挖呀挖』！」

主持人以她一貫的開場白揭開今晚的序幕。

劉虹娟主持「真相挖呀挖」已經十年了，是該台的招牌節目，也是專門挖名流八卦、政商隱私的政論節目，腥羶酸辣、揶揄刻薄是她的拿手好戲。

「首先為您介紹今晚的佳賓，在我左手邊的依序是泌尿科醫師楊順慶、兩性專家卓佳妍、財經專家吳振坤。」

主持人介紹到誰，三號攝影機的畫面就迅速從主持人切到他（她），來賓對著鏡頭以制式化的笑容與口吻向大家問好。

「右手邊的是執政黨的朱靜瑩立法委員、政治記者兼評論家蕭姵萱，以及星座專家詹淇雯。」

劉虹娟先提出這一part的議題：「前幾天發生一件令人扼腕又驚駭的事，○○黨的賴信鴻立委被管家發現死於主臥室的床上。賴立委身體一向無恙，警方提出諸多的疑點則還有待澄清。

「我手邊製作了一張立委的生平圖卡，我先唸給大家聽，再請各位來賓提出對這件事情的看法與精闢的見解。」

劉虹娟清一清喉嚨，停頓一會，讓鏡頭zoom in，圖卡內容清楚呈現在畫面上。

「賴信鴻立委一九六六年生，享年五十六歲，早年以民主運動起家，老婆的家族是地方名望，育有二女，屬於『新秩序連線』派系。他在連任兩屆立委後，發生和某位女星的緋聞而沒被黨提名，但仍以高票當選，最終還是回歸該黨。現在……，呃，曾經是政黨重點栽培的明日之星，素有『立院戰狼』之稱。」

主持人一口氣就講完，好像他的一生就這樣被濃縮在這幾分鐘裡。

導播在副控室指揮助理導播，要他將鏡頭cue到朱靜瑩立委。

朱靜瑩仍是一頭招牌的俏麗短髮，有著心形的臉蛋及標緻的五官和顴骨，燈光打在完美精緻的妝容上，很難不讓人把目光聚焦在她身上。戴著一副其實是多餘的細邊金框眼鏡，是F市的政二代，只是已經四十出頭了，仍小姑獨處。

她從當了好幾屆市議員的父親手上接棒後就一路順風，問政犀利，有舌粲蓮花之辯才，台風一向穩健，很快就成了各政論節目的固定來賓。

「身為同黨的同志，首先我要向他表達最深摯的哀悼，這無疑是本黨的重大損失，希望在檢調單位還沒釐清案情真相前，社會各界不要多做不當的揣測。」

主持人不露聲色：「我確實聽到坊間已有很多傳言，包括傳說賴立委是吸毒助性暴斃的……，」

「胡說八道，根本就是無稽之談，除了荒謬至極，我想不出其他說辭了！」

朱靜瑩不待主持人說完，就急欲撇清傳言，臉上的笑容瞬間凍結。

蕭姵萱接上話頭，說道：「主持人說的也許不是空穴來風喔。賴立委身邊的女人一個換過一個，他的元配和兩個女兒長期住在美國，每四年選舉一到才回來助選。他的老婆根本不想管，或者說根本管不住。」

「那也沒有證據說明他有吸毒啊！」

朱靜瑩眉頭微蹙，一臉義憤填膺，忽然又想到這充其量只是個八卦節目，有必要這麼嚴肅嗎？「有些犯罪報導經過過份渲染，會造成社會人心浮動，再變成八卦消息像癌細胞到處擴散，這不是我所樂見的。」

「五十幾歲的男人靠藥物助性是稀鬆平常的事，但常期靠毒品則會有後遺症，」接話的是外形俊朗的楊順慶醫師。

「相傳明神宗朱翊鈞長年不上朝，在宮中服食丹藥，用鴉片提昇性能力。也有一說，說他是身體疼痛才長期服用有鎮痛作用的鴉片。」

楊順慶是《醫師好嗆》、《健康我和你》的固定班底，常拿病人的病例用幽默風趣的口吻說嘴，再引經據典，自成風格，也不吝把自己的家醜攤在陽光下（老婆外遇、對簿公堂、離婚收場、高額贍養費），反而成了各節目爭相邀請的來賓及健康食品廣告代言人，也開始主持起常態節目，幾乎忘了自己的本業是醫師，有八卦傳言他的身高不到160。

「若硬要說萬曆皇帝是因為把鴉片當春藥、縱慾好色才不上朝，恐怕有待商榷。」

楊順慶把話做個收尾。

「你是在影射什麼嗎？」朱靜瑩轉頭問。

「你們看，我們節目還是有教育意義，」主持人發言打圓場，「可鑑古知今的，呵呵。」說完自己都忍不住莞爾一笑。

號稱兩性專家的卓佳妍也加入戰局。

她平時在報章雜誌寫專欄，回答讀者有關兩性的疑難雜症，舉的案例標榜是自身或周遭朋友的經驗談，各種腥色話題都來者不拒，也都能侃侃而談。卓佳妍頗上鏡頭的，雖然網路盛傳那是一張打過無數針玻尿酸與拉皮、微整形，修得青春漂亮的塑膠臉，但她一概否認。

只是她沒料到自己會陷入桃色風暴，遭人妻以「侵犯配偶權」提告卓佳妍和她老公有染，官司打了很久，也沉寂了一陣子，但觀眾是健忘的，最近才又復出賺通告費。

「剛才主持人有提到賴立委和某位女星的緋聞，其實這件陳年桃色往事也是令人津津樂道的……，」

主持人這時瞥見助導比了個暫停手勢，及時在名嘴與政客唇槍舌劍的交鋒中插話：「我們先進段廣告，別轉台喔，更勁爆、更精采的話題馬上回來。」

◇◇◇

「真相挖呀挖，為您挖新聞，為您挖真相，歡迎收看『真相挖呀挖』！」

劉虹娟再度喊出開場白，進入節目的第二part。

「上一段結尾前，卓佳妍正要提到賴立委精采的陳年往事，我們趕快來聽聽看。」

「這是一段差一點成了佳話，也差一點毀了他的誹聞，」卓佳妍配上誇張的手勢，想讓她說的話傳達一種渲染力。

「不但翻轉了他以愛家好男人自居的形象，也讓民眾知道他是個多情種。聽說老婆離婚協議書都簽了，他又跑到美國把她追回來。眾所周知的就是他那一屆沒被黨提名，脫黨參選還高票當選。」

鏡頭帶到朱靜瑩一覽無遺的尷尬表情，但瞬間就消失無蹤。

「和他鬧緋聞的姚姓女星原本就沒啥名氣，她曾經為了爭取曝光度，和搞笑主廚一起在電視上做料理、接通告聊八卦，後來消失了一陣子。」

「原來是和立委有一段露水姻緣啊。」

「新聞被炒起來後，姚姓女星又紅了，到現在還一直活躍在演藝圈。」

「妳說的是誰我猜到了。」

幾個名嘴講到緋聞就激動得腎上腺素上升，七嘴八舌了起來。

蕭姵萱再補上一刀：「幾年前我採訪選舉新聞時，親眼見到他和女性選民的互動。怎麼說呢？就是超乎異常的熱絡，勾肩搭背就算了，摸手拍屁股的都有。」

主持人不可置信的說：「這可要有憑有據的呦！」

「我抗議！」朱靜瑩也同時發聲。

「我又沒說他豬哥，其實……，」蕭姵萱欲言又止，「其實被摸的是我。我為了要採訪他也就忍隱至今，總算一吐為快了。」

蕭姵萱的神情堅毅，不像是要刻意抹黑死者，也不像是要做效果。

「很遺憾貴黨損失一員大將，聽說『新秩序連線』和『民主正義聯盟』已經蠢蠢欲動，開始布局了？」

蕭姵萱畢竟跑的是政治線，她轉向她左手邊的朱靜瑩，想由她嘴裡得到證實。

「他的任期已過半，不諱言的說，他手上的資源的確不少。事出突然，我們還再研議，一切都交給黨中央決定。」

「怎麼跟我得到的內幕消息有些出入？」

發言的財經專家吳振坤總能把股市消息說成是他的一手獨家內幕，配上網路傳的馬路消息，就更加能講得活靈活現，真的是所謂的名嘴。看不出已經六十多歲，倒像是個玩世不恭的大叔，不少財經、政論節目常看到他的身影。

「聽說……，聽說啦，他的遺缺會由尤添盛的兒子尤博泉遞補，尤博泉早就列在不分區立委名單，若父子同在立法院這民主殿堂問政，豈不也是佳話一樁？」

「是喔，尤博泉也是很有份量的，若打起架來，以一打十沒問題。」

楊順慶醫師含譏帶諷的說，大家都知道吳振坤的政黨顏色是什麼。

除了朱靜瑩和吳振坤外，大家都笑成一團，「以一打十，太噱洨了！」

她急忙出言澄清：「沒這回事，我們黨中央還沒定案。」

吳振坤稍加喘口氣後說：「你們知道賴立委申報的財產有多少嗎？」

主持人看向幾位來賓，沒人想答，她就說：「不用想也知道，肯定不少。」

「他與妻子共同申報有價證券兩億五千多萬元，其中宏信光電持股數達五百三十萬股，以市價一百零五元來算，價值達五億五千多萬元；至於鋼鐵股、航運股以及還沒上櫃的天鴻建設公司就不必提了。」

卓佳妍伸了伸舌頭，說道：「嘩，這麼有錢啊！」

「負債也是有的，他申報了兩億餘元債務，包括房貸、銀行週轉金和私人債務。另外申報土地有六筆，分別座落於F市、K市、W市；建物四筆，皆位於F市。

「存款倒是少了些，僅有一千三百多萬元，保單有九張；一台BMW與一輛電動悍馬車登記在他名下。」

楊順慶看著吳振坤，吐槽說：「你查得可真是鉅細靡遺啊。」

「哪會，從監察院公布的公職人員財產申報就查得到了，我可是有事先做功課的。我要提醒大眾股民一點，在賴立委名下有不少營建股、鋼鐵股、航運股、科技股，請留意這幾天的股價可能會有所波動喔。」吳振坤說得煞有其事。

劉虹娟望向朱靜瑩右邊的星座專家詹淇雯，兩人四目相接，詹淇雯就知道接下來該換她發言了。

「我之前有用七十八張塔羅牌搭配星座與宮位幫他測運勢。」

「他來找妳問牌？」劉虹娟故作驚訝狀。

「亡者只在『魔空時間』（晚上十一點到凌晨一點及黃昏五至七點左右）來問卜，才不會招來惡靈和被詛咒。」

詹淇雯講得一副信誓旦旦的樣子。

「真的假的？」主持人照著劇本演下去，「那妳測的牌怎麼說？」

「他的土星落入第六奴僕宮，土星是凶星，代表著悲觀、壓抑，第六宮又有勞務之意，和疾病、保健有關。不論是月亮與火星或金牛與天蠍彼此都成一百八十度『對象位』，也就是『二分相』，屬於大凶，象徵對立、拉扯、排斥。」

她把大家唬得一愣一愣的。

劉虹娟順藤摸瓜，語帶雙關：「賴立委是很有女人緣沒錯，但會死在女人裙底下……？」

卓佳妍大喇喇就順口講出來：「主持人，妳是想問……，賴立委若是牡丹花下死，是不是做鬼也風流？」

但劉虹娟顯然對希望先用言語推疊出懸疑的氣氛有點失望，因為來賓完全沒賣關子就直接把答案給說了出來。

楊順慶也說出心中的看法：「若排除吸毒助性，心肌梗塞或馬上瘋的可能性……，也是有的。」

他則是語帶保留，不敢在節目上講未經證實的事。

31

鑑識組的許組長把大家都找來了，不知他葫蘆裡賣的是什麼藥？在場的除了偵二隊幹部，還有羅啟鋒和徐易鳴也到齊了。

以許佑祥的個性，是有幾分證據就說幾分話的人。

他深吸一口氣，斟酌著即將說出口的話，就如同考慮從何處下刀的醫師，但一臉掩不住的興高采烈。

「知道凶手是誰了！」

他手上拿著一支口紅，「這是微型針孔攝影機，放在立委房間的梳妝台上面，我帶回來的證物中還有檯燈、毛巾、牙刷、刮鬍刀、床單、枕頭、鬍後水等等，差點就疏忽掉這個。

「我原以為這支口紅是他太太的，外形就跟一般的口紅無異。它的外殼和Dior藍星晚安潤唇膏幾乎一模一樣，瓶身兩個半圓形剛好和隱藏鏡頭融為一體，連Dior標榜的交織經典籐格紋線，鉬以簡約浮雕Logo綴飾都仿冒得維妙維肖，不仔細看就會被呼嚨過去。

「記憶卡錄到的內容可精采了，礙於孫分隊長在座，女性不宜……，」他望向孫幗芳。

孫幗芳則回給他一個白眼，意思是說：我什麼場面沒見過？

「我只播放最後捕捉到凶手行凶的畫面。」

「是他！」孫幗芳和侯霆煜同時喊了出來。

「沒錯！」徐易鳴和王崧驊也同時喊了出來。

羅啟鋒等三人不約而同轉向他們四人。

影片清楚的播放賴信鴻被殺的過程。沈孟洲知道要把房子監視器的記憶卡取走，萬萬沒想到立委有偷拍性愛影片的癖好，又剛好拍到他行凶的鐵證，這下子絕對會讓他百口莫辯。

至於床上那名女子，像似受到很大的驚嚇，整個人縮成一團，蜷坐在床上不動，直打哆嗦，等到沈孟洲從浴室拿出一條毛巾才催促她起床穿衣，沈孟洲也開始將指紋擦拭掉。

臨走前他帶走了凶器——正是右邊床頭櫃的維納斯女神檯燈。

「他離開時應該有把門鎖扣上，擦掉門把上的指紋，但這段不在針孔攝影機拍攝範圍內。」

孫幗芳和侯霆煜認出凶手正是曾和他們在局長室門口擦身而過的立委特助沈孟洲。

若君悅八方酒店的Caroline猜測的沒錯，也證實了沈孟洲是由愛生恨殺人，受驚嚇的女子八成就是Anita，孫幗芳會後再截取畫面給Caroline確認。

徐易鳴和王崧驊說的「沒錯」，則是凶手行兇的手法和從X光片判讀的相差無幾。

「就說嘛，天理和正義並非一直都在，但它們終究都會在。我曾經在你們局長辦公室見過他，想不到立委會引狼入室，還養虎為患。」羅啟鋒以一副重擔卸下了的語氣說。

他也順便跟大家報告調查局提供的溫清凱「電信足跡」的結果。

「已找到六個人有重疊的足跡。」

他大大的呼出一口氣。

「現在手機有『記錄持有者動向』的預設功能，就算持有者關閉追蹤動向功能或關機，調查局向電信公司申請，還是可以得知某個特定時段的活動區域，只是鎖定相關目標和分析需要花點時間。」

大家對羅啟鋒說的六個人都大感驚訝，除了賴立委和沈孟洲與溫清凱有關，汪治邦、福隆宮的主委趙錦福及調查局「洗錢防制處」第二科科長童立謙竟也涉入其中，想來汪治邦和溫清凱之死與沈孟洲應該也脫不了干係。

王崧驊一副被重拳擊中的樣子：「那個趙主委還信誓旦旦的拍胸脯說，他們的帳目絕對沒問題，可攤在陽光下受檢驗。」

羅啟鋒則緩頰說：「目前證據還沒搜集齊全，一切應該都與金錢有關。我打算先不要對趙錦福及童科長動以聲色，以免打草驚蛇。先不用將兩人彷照『治安顧慮人口[22]』每個月查訪，他們要跑應該也跑不掉，只需派人監視。

「先將沈孟洲和Anita緝捕歸案再說！」羅啟鋒以堅定的口吻說。

22 曾犯罪者刑執行完畢或假釋出獄後三年內，被列入治安顧慮人口，由戶籍地警察機關每個月實施查訪一次。必要時，得增加查訪次數。

◇ ◇ ◇

羅啟鋒和高子俊在地檢署的大會議室召開聯合記者會。

賴太太回國後，與她商議的結果是記者會上實話實說，偵辦進度到哪就說到哪。她還算明理，原本還怕她會去找其他立委陳情、開記者會，或直接透過上層施壓來替她老公申冤。如今她唯一的要求就是早日破案，抓到沈孟洲。

羅啟鋒先用開場的標準說詞：「各位記者女士先生，感謝你們來參加賴信鴻立委的案情說明記者會。」

記者會上關心賴信鴻案子的媒體把會場擠得水洩不通，安排好的座椅上坐滿了人，還有人站在走道兩側，盛況堪比某個被小咖網紅指控性騷擾的男歌星的澄清記者會。

多家電視台則架設攝影機做直播，要將第一手訊息分秒不差的傳到YouTube。

羅啟鋒說得從容不迫：「本署已掌握謀害立委的特定人士，記者會後會簽請法院對在逃嫌犯發出通緝令，全力搜捕緝拿歸案。」

台下人聲嘩然，有人竊竊私語，好幾個人同時舉手。

「羅檢，立委不是心肌梗塞去世的？」

「羅檢，您是說立委是被謀殺的？」

總有人想要聽到確定的事再被確定一次。

羅啟鋒不理會他們：「包括賴立委的不法所得也已經啟動調查中，我們已準備開始收網了。」

羅啟鋒在記者會上大致說明如下：

一、賴信鴻是遭人以鈍器敲擊頭部致死。

二、已掌握凶手，但行凶的動機還無法評論。

三、賴信鴻名下有多筆所得有待調查局深入調查。

《嗆辣NewNews》的資深記者古憶蘭舉手發問。

「檢座，某政論節目才剛談論到立委的死可能是與心肌梗塞有關，怎麼貴署這麼快就發佈說是被謀害的？而且還掌握了特定嫌犯？」

她總是抓到閱聽眾感興趣的議題就窮追猛打。

「就是吸毒助性、死在床上啦！」

有人高聲敲邊鼓。

「有些節目講的那些茶餘飯後的八卦，其實是別人痛苦經歷的人生，就為了譁眾取寵和提高收視率，我就深受其害。不知道那些人怎麼會講得臉不紅心不虛？」

他話鋒一轉，「我們當然是有掌握到確實的證據才會召開記者會，為求慎重起見沒有在第一時間出來澄清，是為了確保沒有漏網之魚，就如同孫子兵法說的——謀定而後動。」

「您能詳細說明不法所得是指哪些嗎？或是查到哪些人事物呢？」

T媒體的一位男記者提問。

「關於這點，目前還不能透露太多細節。」

羅啟鋒應付記者問些還未證實的、有隱含性的假設問題時，通常不會用「無可奉告」這種口吻回答，會儘量用似是而非的用語。

「羅檢，」Y電視台一位打扮得準備記者會一結束就要上播報台的女記者舉手，「您能說明嫌犯和立委的關係嗎？有掌握到是什麼原因要殺他？」

羅啟鋒看向高子俊。

高子俊清了清喉嚨，說道：「嫌犯和立委的關係目前還不便說明，嫌犯是基於什麼動機殺人，剛才羅檢座已說了——還無法評論，一逮到人調查清楚後，就會對媒體發佈。」

高子俊虛與委蛇的謹慎回答。

古憶蘭再次舉手提問：「高隊長，偵查隊那位失蹤的女警目前下落為何？找到人或遺體了嗎？」

台下一陣騷動。

「警方鎖定的嫌犯有可能還涉及兩宗命案及這起綁架案，我們失蹤的隊員目前還下落不明，……，我們對她的家人也感到萬分的愧歉，無論如何，我們絕對不會放棄繼續搜救。」高子俊言語中有著不捨。

「記者會後我把失蹤的隊員照片傳給各位，請媒體及民眾幫忙協尋，有任何她的下落請與警方聯絡。謝謝各位！」

◇◇◇

「老闆是我殺的，與妳無關，當下我太衝動了，只想著要保護妳……，」

沈孟洲雙臂摟著Anita的肩，兩人頭靠著頭。

「我知道，我全都知道！」

Anita緊抱著沈孟洲不放，止不住的淚水直流，任其漶漫滿面。

「錯都鑄成了，我也不會在乎我的下場會如何。」

「可是我在乎啊！你去自首吧？自首不是可以減刑嗎？我可以出面做證，說他強姦我、凌虐，還有……，還有……，」

Anita急得放聲大哭，「我會等你出來，我會的，會的！」

「好，但還有一件事未了。我抓了他們一個女警……，」

「你沒殺她吧？」Anita抬起頭問沈孟洲。

「沒有，本來老闆還怪我為何不解決掉她，他不知道我是不殺女人的，我把她關在一個地方。妳聽話，先回妳媽那邊或暫時躲一陣子，等我去放了她再去自首。」

「好，你說的喔，說話算話？」Anita淚如雨下。

「嗯。」

沈孟洲點了點頭，再在她的額頭印上一個深深的吻，也不禁任淚水模糊了視線。

「這兩本存摺和這顆印章幫我保管著，缺錢就拿金融卡去領，兩張卡的密碼都一樣，妳的八碼西元生日。」

「不要，我不要……。」

儘管Anita哭得嘶聲力竭，沈孟洲的心裡已另有一番打算——。

「Anita，人生有八苦，生老病死苦、愛別離苦、怨憎會苦、求不得苦，還有一個我忘了。我現在才真正體會到愛別離苦，有愛就有別離，謝謝妳……。另外這支隨身碟是護身符，妳也要妥善保管。」

32

老鬼不見了，Anita也沒回去她老家，一時之間又找不到，兩人彷若人間蒸發了。

高子俊和第五分隊全員正在開會，當務之急是先找到楚芸和逮捕老鬼，雖然不知楚芸是生是死，但活著見人，死了見屍，總要給人家父母一個交代。

勤務中心的值班櫃台轉進來一通電話，對方指名要找孫幗芳。

「仔細聽好，要救妳的小女警，就給我妳LINE的ＩＤ，我會發一個名為『尋鬼遊戲』的群組邀請妳，妳就加入這個群組。」

孫幗芳面對大家，用食指貼著嘴唇，再用唇語說，「老鬼」。

大家頓時都噤聲不語。

她按下擴音鍵，每個人都豎起耳朵仔細聽著話機裡傳來的對話。

「怎麼證明楚芸在你手上？」

「她有一支Hello Kitty髮夾，沒錯吧？」

「嗯，沒錯。」孫幗芳確實看過楚芸戴過好幾次。

「我最愛玩線上遊戲、手遊和桌遊了，今天跟你們玩個實境遊戲。」

孫幗芳聽電話的同時把手機掏出來，打開LINE，她冷靜的問沈孟洲：「遊戲要怎麼玩？」
電話那頭繼續說著：「這個遊戲從妳加入後開始計時，一小時就需結束，遊戲可以一至四個人參加。快的話，通過最後一個關卡也許找得到我，……」
「慢的話呢？」
「慢的話，群組被刪除，我也會消失不見。別擔心，每個關卡都很簡單，小女警的性命就交給妳了。」
電話在孫幗芳給了LINE的ＩＤ後喀擦一聲──對方掛斷了。
每個人從擴音裡聽到楚芸還活著都感到無比的欣慰，猶如一劑強心針讓大家都振奮不已。
「楚芸還活著！她還活著！」孫幗芳興奮的宣布說。
侯霆煜則紅了眼眶，內心澎湃又激動，多日來的陰霾總算露出一絲曙光。
孫幗芳盯著LINE看，須臾之間，尋鬼遊戲的群組就傳了「邀請」過來。
她想都沒想就按下「接受」，接著就邀請高子俊、王崧驊、侯霆煜也加入尋鬼遊戲的群組，老鬼同時也傳來第一個提示。
孫幗芳再立即「分享」到他們自己的第五分隊群組。
遊戲開始，時間是十七點整。
高子俊覺得再去申請手機定位追蹤已緩不濟急，不如專心解謎，就和孫幗芳開始布署人力。
老鬼敢如此明目張膽的向警方挑釁，沒摸清楚他的底細之前，高子俊也不敢輕舉妄動，同時也申

以		報	怨		如					
			聲	名	狼	籍				
			載		似					
生	存	之	道		虎	視	眈	眈		
意						而				
興					知	不	中		在	人
						見				

請霹靂小組（保安警察大隊）standby支援，王崧驊則和大家一起動腦解謎。

「人在福中不知福、生意興隆、以德報怨，這麼簡單的填字遊戲啊，他在耍我們嗎？」

「兩個『福』配『德』和『隆』，福德？福隆？福隆宮的福德正神？」

「應該沒錯，他電話中說最後一個關卡也許找得到他，現在才第一關，危險性應該不高。阿丹，你先趕過去。小葉，你通知就近的派出所先派員警去福隆宮觀察，一有任何動靜立即回報。」

王崧驊指揮若定，「阿丹，小葉還沒到達之前你先靜觀其變、按兵不動，切記要把握時間。還有，小心有詐。」

「我也去！」侯霆煜自告奮勇。

◇　◇　◇

福隆宮的趙主委正悠悠哉哉地半躺在賣金紙的桌子後方的椅子上打盹，突然被侯霆煜一行人的大陣仗驚醒，一肚子的老大不高興。侯霆煜不理會從他嘴裡發出的牢騷，直往福德正神奔去。

有一對母女正舉香虔誠的向福德正神膜拜，突然被一陣騷動嚇到，她們來不及把香插進香爐，就急忙往池府千歲的側殿走過去。

阿丹仔細瞧著福德正神，卻看不出有何異樣，趙主委此時也喘著氣適時趕到。

「欸，信徒都被你們嚇跑了，你們在搞什麼鬼啊？」

小葉一個眼尖，發現福德正神神座底下有一角白色的紙張露出，一個箭步就將福德正神往上一抬，把底下押著的圖卡順勢抽了出來。

趙主委一臉的矬樣，搞不清楚究竟發生何事。他喚來廟公，叫廟公看福德正神有沒有歪掉，嘴裡則唸唸有詞。

侯霆煜將福德正神神明桌的繡彩掀開，派出所員警也幫忙檢查，甚至鑽進神龕下面找人，連正殿和側殿都搜過了——都沒有楚芸的蹤影。

「你們這樣對神明不敬，小心會受到懲罰啦。你們到底在找什麼……，」

趙主委在人群中嚷嚷，卻沒有人回應他。

阿丹拍了圖卡的照片，傳到第五分隊群組，再和侯霆煜、小葉趕回偵查隊。

孫幗芳收到，已讀後也將它轉傳到尋鬼遊戲的群組。

「不錯嘛，不到十分鐘。」老鬼回覆了。

「這只是牛刀小試，第二關再闖看看，Good luck to you!」

◇ ◇ ◇

「這是什麼刺青圖案？楚楚被關在一家刺青店？」

「那是眼睛沒錯吧？下方的勾勾是鬍鬚嗎？」

「獨眼巨人？流眼淚？」

「眼球先生撐著拐杖在跳舞？燕尾服飛了起來？」

大家七嘴八舌，可惜沒有一個是一致認可的答案。時間一分一秒在走，大家開始心急如焚了。第一關出乎意外的簡單，第二關似乎有點難度。

高子俊下達了指令：「把圖卡傳出去給你們認識的人，但不要提到與案情相關的字眼。快！」

沒多久就有幾則類似的回覆傳到幾個人的手機。

「三八喔，你忘了去年我們還一起去過，『法老王PUB』啊！中間那個是『荷魯斯之眼』嘛！」小葉的朋友回覆。

「那是法老王PUB的Logo。」小葉另一位朋友這麼回覆。

「我記得沒錯的話，那是法老王PUB的Logo，不過已歇業半年多了，不知道是否停業不開了。」阿丹把他朋友的回覆分享到群組。

「對齁，」小葉拍了拍自己的腦袋，「我都忘了，是法老王PUB的Logo沒錯。」

蔡伯諺順勢調侃他：「恐怕你只顧把馬子吧？」

他們說話的同時，侯霆煜已從Google查出法老王PUB的地址。

「PUB之前因疫情嚴重不能營業，老闆還要支出租金、人事費、水電費，不堪虧損就甘脆歇業了。」小葉轉述他朋友的LINE說。

法老王PUB原本位於環景路上一棟商辦大樓的地下一樓，歇業前生意不錯，總是一位難求，客群以年輕人居多。

一得知PUB的地址後，侯霆煜一馬當先就衝了出去。

高子俊不及攔阻，急吼道：「侯溜，不要孤軍奮戰，等我們會合再行動。」話一說完他就聯絡霹靂小組的隊長，請他們也往目標地移動。

第二關光解謎就花了十幾分鐘，時間來到十七點二十八分。

◇◇◇

兩名全副武裝的霹靂小組人員在後車門一彈開，各拿著黑色大型金屬衝門槌及油壓撐開器率先跳下休旅車後，幾名荷槍實彈的組員也背起T65K2突擊步槍、震撼彈、防彈盾牌接著魚貫而下，整齊一致地往對面的大樓挺進，偵查隊人員緊跟其後衝過馬路。

商辦大樓一樓的咖啡店還有零星幾個客人，有的被這陣仗嚇呆了，有的好奇拿起手機開啟抖音直播。

鎖頭是強力鋼材多閂栓設計的上下連桿「天地鎖」，在「破門手」的撞槌使力槌幾下後，還是被敲壞了。他們往旁一讓，侯霆煜就搶先要進入。

「警官，讓我們先進去清場。」

霹靂小組隊長把他攔阻下來。

隊長左手打個手勢，兩名隊員分站門扉兩旁，他退後幾步，P226R手槍上膛就位，再比出三根手指——開始倒數三秒。

隊長的手指頭都降下時，一名小組成員一腳踹開大門，等另一名成員彎身迅速往右邊潛入後，他平舉槍四下掃描，尾隨而入，其他人接著兩兩一組互相支援穿門而入。

一進入PUB後，十幾支手電筒的光束同時掃向吧台、小舞台及包廂隔間。地板上還有些食物的殘渣，一隻老鼠倉皇的躲進吧台裡面。

「警察！」

「Clear!」

霹靂小組的肅清聲此起彼落傳來，同時在黑暗中可聆聽到陣陣窸窸窣窣的聲音。

PUB裡的沙發、桌椅、音響、酒杯都被搬走了，幾間空蕩漆黑的包廂迅速被霹靂小組排除危機，準備好的催淚彈沒派上用場，就在最裡邊一間類似置物室或儲藏庫、被上了鎖的房間發現了楚芸。

「楚芸！」侯霆煜打開強力手電筒，懸浮微粒和灰塵飄浮在散射的光束圈裡，一群老鼠被突如其來的光線、鼎沸的人聲、雜沓的腳步聲嚇得四竄，他看到的是詭譎的氣氛及病態的場景。

這間房屋比外面濕溽，又充滿了霉濕味、腐臭味和一股尿騷味，只見楚芸正萎靡地蜷縮在一面牆的邊角。她緩緩地抬起頭來，瞳孔被強光一照，立刻瞳縮（light reflex）起來，左手反射動作就抬起來擋光。

被手電筒照射的臉，是一張布滿驚恐畏懼的臉。

看到她消瘦孱弱的身軀，侯霆煜感到難以承受，哽咽得說不出話來。

楚芸一見到侯霆煜，則是所有的委屈都盡數化作了眼裡潰流的淚水，只想一股腦都哭出來。她激動的想站起來，觸動了鐵鏈發出匡噹作響，喉嚨卻乾澀得發不出聲。

隨後趕到的孫幗芳隨即找霹靂小組用油壓剪剪斷楚芸右手及右腳上的鐵鏈，同時示意侯霆煜將楚芸抱到偵防車，也囑附侯霆煜先回去照顧楚芸。

侯霆煜感受得到楚芸的瑟瑟發抖。

「楚芸既然安全就放心了，我要留下來逮到老鬼。」

侯霆煜很執著的說。

商辦大樓對面一個小男孩拿著手裡的銅板，走到便利商店投幣式公共電話前，看著紙條上寫的號碼撥了過去。

◇◇◇

楚芸事後聽侯霆煜說綁架她的人是老鬼沈孟洲，她也告知侯霆煜，老鬼沒有侵犯她，最後要求給水擦澡也照辦，甚至誆說ＭＣ來了還真的拿了一包衛生棉給她，連夜壺也給換新的了。

33

孫幗芳的手機傳來幾則老鬼發的LINE訊息。

「太遜了，救個人要這麼久？」

「我花一百元給個小男孩，他回報說剛剛才看到你們出來。」

「不殺女人是我的原則，小女警還你們，遊戲繼續玩？」

「當然，奉陪到底！」孫幗芳回傳過去。

「剩下不到二十分鐘了，好好把握。」

老鬼傳來第三關謎題。

「這不是德陽艦嗎？」蔡伯諺說。

「你確定？」王崧驊發出疑問。

「確定。每年海軍節就會停泊在軍艦園區，讓民眾免費登艦參觀。」

「沒錯。」阿丹也附議。

「所以謎底是……？」

這下子大家又啞然無言了。

「老鬼不可能躲在德陽艦等我們去抓吧？」

「德陽艦現在有開放參觀嗎？」

「軍艦園區不小，怎麼找啊？」

「我覺得……他要提示的是925耶？」小葉囁嚅著說。

侯霆煜靈機一動，問：「軍艦園區在哪？」

「我記得是在環海路四段尾，盡頭原本是廢棄的漁港，經整修後變成園區，離環景路不遠。」蔡伯諺回答說。

「查一查環海路925號！」

「我查到了，環海路一段925號是間7-ELEVEN。」

「二段925號是還在蓋的大樓建案。」

「環海路三段925號現在是一家韓式燒烤肉餐廳。」

「四段沒有925號，最多到417號。」

「嘿，你們瞧，Google Map上標示環海路二段925號的建案是『石嶼小築』，我才想到這個建案剛開始銷售時我有去參觀過。」

蔡伯諺像發現了新大陸，「銷售員還說建商是某位立委投資的建設公司，保證品質沒問題。」

孫幗芳說：「誰查一下哪家建設公司？」

「快來不及了，看來老鬼躲在那裡的機率極高。賭了？」

高子俊用堅毅的眼神看著大夥。

「未完成的大樓建案處處是危機，老鬼也許已在那裡埋伏不少陷阱，現在跟建設公司要藍圖恐怕緩不濟急。伯諺，你還記得建案有幾棟嗎？」

「應該有ＡＢＣ三棟，地上十二層，地下兩層。」

◇◇◇

高子俊分配的任務是他和孫幗芳、蔡伯諺負責Ａ棟；王崧驊、小葉和一名偵查佐負責Ｂ棟；侯霆煜和阿丹及岳敏雄偵查佐負責Ｃ棟。

高子俊下達指令：等霹靂小組到齊再一起行動，哪一組先找到老鬼就立即回報，全員往回報的樓層及地點支援。

「石嶼小築」是賴信鴻名下「天鴻建設公司」的建案，建地有三百多坪，是純住宅大樓建案。ＡＢＣ三棟各為地上十二層，地下一樓有共用的游泳池、閱覽室、健身房、視聽室，地下二樓是一百六十個汽車位、兩百個機車位的停車場。

C棟每層四戶，屬大坪數，共用兩個電梯。AB兩棟在C棟左右兩側對望，每層三戶，屬中坪數，共用一個電梯。三棟大樓呈ㄇ字形，中間是中庭花園，每棟的一樓是小形的交誼廳和一戶大坪數、採玻璃落地窗、可面對花園的住戶。

建案標榜每戶都有錯層的露台、大面開窗的採光、立面層次錯落有秩、呈幾何線條散立，是本市首座低碳建築，生活品質會有張弛、有前提、有後韻。

可惜廠商一得知賴信鴻去逝，害怕拿不到錢，施工就暫時停擺。目前鷹架只搭到七樓，地面與牆面還是裸露的粗胚混擬土，有些地方還看得見裡面的竹節鋼筋，感覺像座廢墟。

每層樓都預留了窗戶的空間，遠遠望去像一隻隻的眼睛。未來一間間的住戶及房間是否會被補建起來不知道，每層樓的電梯井前還用一些磚頭、水泥袋、工作檯將就著圍起來，避免工人不慎墜落。

侯霆煜看著小米手環，時間是十七點四十九分。

他不想再等了，如果老鬼不在這一棟，至少可趕快到另外兩棟支援。如果老鬼在這一棟，更不能讓他在一小時的期限內溜掉。

侯霆煜和阿丹、岳敏雄在一樓lobby入口兩側。

他向兩人比了個「掩護我」的手勢。

「不等霹靂小組嗎，一分鐘內就到了。」阿丹悄聲的說。

「他只有一個人，怕什麼？」

侯霆煜率先一腳就踏進lobby。

一片死寂。

空氣中充滿粉塵和悶濁的氣味，吸進鼻子會令人發癢發乾。儘管天色還很亮，侯霆煜還是把手電筒打開，光束緩慢且穩定地掃視過地面。地上有多組腳印、單輪推車的推痕，在牆角則散置著開封過的水泥袋及砂漿攪拌機。

「小分隊長，你在照什麼？」

「看有沒有新的、不同的腳印。」

地上多組凌亂的工作靴腳印若再被老鬼踩過，會有明顯蓋過原足跡的新腳印。

岳敏雄指著一對腳印說：「你們看，這裡！」

侯霆煜和阿丹走了過去，傾身仔細打量。

那是男性的腳印，穿41至43號鞋，往右邊樓梯間而去。

樓梯間旁邊有兩個空的電梯井，只用一堆磚頭暫時擋住。

「上？」阿丹問。

侯霆煜點了點頭。

他帶頭踏往二樓的樓梯間，阿丹和岳敏雄緊跟在後面，舉槍掩護，一上一下以防老鬼忽然從二樓或一樓發動突襲。

侯霆煜的手機震動了，是高子俊打來的。

「霹靂小組說沒看到你們，怎麼回事？」

「隊長，我們已經快到二樓了，很抱歉。」

話聲剛落，侯霆煜就把手機關掉。

「幹！」高子俊咒罵了一聲。

二樓的情況和一樓大致相同，仍不見老鬼的人影，一組新腳印往三樓延伸上去。

三人依舊不敢掉以輕心的邁出步伐，繼續往三樓挺進。

侯霆煜一腳剛踏上三樓平面，就看到電梯井對面，一扇預留的窗戶框架前站著一個黑衣人。他背對著侯霆煜，俯身看著中庭的員警，對侯霆煜三人的抵達充耳不聞。

「老鬼？」侯霆煜開口警覺地問。

黑衣人緩緩的轉過身來，他的眼睛炯炯有神，似要噴出火來，高䠷的身材比侯霆煜足足高了半顆頭。

沒錯！就是在局長辦公室前他們曾擦身而過——賴信鴻的特別助理——綽號老鬼的沈孟洲，也是殺害主子的凶手。

「你為什麼不逃，還搞什麼鬼實境遊戲？我們已經把這裡包圍得水洩不通，你插翅也難飛了。現在是十七點五十四分，你被捕了！」

「時間還沒結束，你要抓我就得憑真本事，反正我是逃不了了，來個男人與男人的對決如何？」老鬼好整以暇的說道，「過得了我這一關，遊戲才算結束，獎品嘛，想知道老闆如何洗錢嗎？」

「你想要釘孤枝？奉陪！」

「小分隊長，我們幹嘛跟他囉嗦，直接抓起來不是卡規氣（比較乾脆）？」

「小分隊長，你別上他的當，他似乎是有恃無恐。」

阿丹和岳敏雄舉起槍指著老鬼。

侯霆煜不為所動。「沒問題，他已經跑不掉了，我就陪他玩玩。」

「我只問你，汪治邦和溫清凱是你殺的？」侯霆煜直勾勾的盯著老鬼問道。

「沒錯，奉命行事，男子漢敢做敢當。」

「你身上背著三條人命，還有綁架罪，實在罪不可赦。」

「少囉嗦，放馬過來。」

侯霆煜把小米手環、手機、配槍和手電筒交給阿丹。

◇　◇　◇

兩人擺出防禦姿勢，慢慢的往空地中間靠攏，等到一個擊打的距離，老鬼就出其不意以一記「擺拳」狠狠的往侯霆煜的左腮揮過去，幸好弧度不大，侯霆煜機警的躲過。

老鬼也巧妙地躲過侯霆煜回敬給他的「刺拳」。

侯霆煜怪老鬼綁架楚芸，還在氣頭上，心中積累多日的焦慮、挫折傾巢而出，眼中隨之冒出憤怒的火焰，每出一拳都使盡全力。

老鬼則暗自慶幸侯霆煜越沉不住氣，露出的破綻越多越好。

兩人一出手就下猛藥，近戰的「組合拳」每一拳都想招呼到對方身上，也不再試探或干擾了。雙方藉由靈活閃躲、移動、搖臂、前進再撤回一步，時而繞到對手的兩側，時而讓對手以為要出拳卻未揮出，雙方棋逢敵手，都佔不到對手的便宜。

老鬼大可逃之夭夭，帶著情婦躲到天涯海角，何必逞一時之勇搞到腹背受敵，這個闖關遊戲根本是自投羅網的，侯霆煜心想。

同時看著老鬼的臉色陰晴不定，又掛著一抹轉瞬即逝的惆悵與負隅頑抗的傲氣，也正虎視眈眈的瞧著自己。

正當兩方勢均力敵，一時之間找不出對方的破綻時，老鬼一個「後手直拳」掄向侯霆煜的左肩膀，侯霆煜一個輕敵閃避不及，挨了一記重拳。

「啊～～，」阿丹和岳敏雄同時發出驚呼聲。

老鬼則發出一聲冷笑，好像在說：你也不過這幾兩重。但他沒有乘勝追擊，只擺出迎戰的姿勢。

侯霆煜扭動肩膀，看來無礙。他定了定心神，眼神專注地注視著老鬼，眼角餘光同時瞄向對方的腳步與身體的晃動，來估測他下一步的動作。

侯霆煜有點懊惱一開始沒有先發制人，沒想到兩人旗鼓相當。縱使心裡多麼希望能速戰速決，將老鬼逮捕歸案，但又不想仗著人多勢眾。他想到要攻其不備，避實擊虛，才能迅疾如風。

因此沒僵持多久，侯霆煜一個假動作，右腳向前一步，突然煞住再退後一步，變成左腳向前踏出，身體隨著右手拳頭揮出瞬間，向右旋轉了三十五度。

老鬼錯估了情勢。

他原以為侯霆煜會揮出左拳，急忙往左閃躲，順勢向左斜方側傾，下巴正好中了侯霆煜的一記右勾拳，悶哼了一聲。

差點被ＫＯ（擊倒，knock out）！

岳敏雄和阿丹同時拍手叫好。

在此同時，高子俊、孫幗芳、王崧驊與霹靂小組數十人已爬到三樓，正圍觀兩人的纏鬥。

◇　◇　◇

老鬼用手背抹去嘴角的血漬，將嘴裡的血水吞入咽喉，挑釁的說：「就這麼點力道啊，太

low了。來，再來！」

高子俊趁機問阿丹他們打多久了，臉上略有不悅的神色，思索著悄聲說：「怎麼不直接將他逮捕？」

侯沈兩人又同時使出迴旋踢、側身踢，一輪猛攻，再差個幾公分就有人會被踢中胸部。他們對峙了一下子，突然同時衝向對方，一連串的組合拳猛攻，都沒在客氣了。

老鬼的腰部挨了一拳，侯霆煜的肚子則正好迎上老鬼的重拳，一旁觀戰的眾人則看得心驚膽跳，一顆心狂顫不已。

侯霆煜順勢將老鬼抱住，想將他壓制倒地，老鬼一陣掙脫後反而使兩人都摔在地上，朝角落的牆壁滾落過去。

兩人跌坐在地上，雙腳都被對方絞纏住難以伸展。身上除了砂土灰塵，還有多處磨破了，露出斑斑血跡。

老鬼突然伸手將侯霆煜的手腕和三角肌抓住，再往前一拉，侯霆煜一個重心不穩，臉部及身體差點趴在地上。但他順勢一個翻身，縱身一個鵠躍，一腳就跨到老鬼的胯下，雙手扣住他的前胸，將兩人一起拉往後倒。

兩人再從牆角翻滾，一直滾到靠近電梯井。

「勒頸技」讓兩人的每條肌肉都緊繃著，以不動的姿勢僵持不下。

老鬼漸漸感到呼吸急促，兩邊的太陽穴都冒出青筋，胸中難以壓制的怒焰正在升騰，呼吸也愈加粗重。剎那時，他將頭往後一撞，不偏不倚撞到侯霆煜的鼻粱，血柱瞬間從鼻子滴到老鬼的頭髮上。

孫幗芳看得怵目驚心，摀著嘴巴不敢叫出聲來。

侯霆煜不管鼻子流的血，將一隻手肘壓在老鬼肩膀，再繞過他的後腦，緊緊地將他的脖子鉗住。

老鬼也不是省油的燈，右手肘猛地就往侯霆煜的肚子一陣猛撞。

侯霆煜痛得鬆開了雙手，老鬼也脫離了險境。他旋即順勢卸力站了起來，雖然喘息未定，戰鬥力仍然十足。面對十多人的圍戰毫不畏懼，眼裡彷彿只有侯霆煜一個對手。

兩人的衣服此時都已被涔涔的汗水濕透了，看來一時還難分勝負。

正僵峙之際，老鬼猛地撲向侯霆煜，侯霆煜一時反應不及被壓在地上。但他突然伸出雙手，抓住老鬼的雙手手腕，再一個翻蹬，一腳跨過老鬼另一邊的頸部，另一隻腳把老鬼的手肘關節固定，同時將頭反方向拉向一邊。

突然「喀」的一聲，老鬼也發出慘痛的叫聲，斗大的汗珠從額頭汩汩而下。

他的左手骨折了。

「別再做困獸之鬥了。」高子俊勸道。

侯霆煜將老鬼放開，保持著距離。

老鬼右手扶著左手肘，緊咬牙根，以蹲踞姿勢站了起來，雖然面如死灰，卻沒有露出痛苦的表情。

「要我投降沒那麼簡單！」

「那你還想怎樣？」侯霆煜還兀自喘個不停。

老鬼二話不說，從喉嚨裡發出猶如垂死野獸般的暴吼，向侯霆煜一個飛撲過來。

侯霆煜不及細想，突地一個蹬地，側身飛踢過去。

老鬼胸部被踢個正著，腳步幾個踉蹌，撞倒了一些磚頭，他沒抓到電梯井的牆邊，竟直直地往地下室摔了下去。

34

溫清凱的太太沒有在第一時間打給侯霆煜，她在羅啟鋒的記者會後三天才打來，說她願意當污點證人。

侯霆煜猜想，她應該是要在一兩天之內處理完溫清凱的不法所得。

她招供說，溫清凱把查扣的毒品分批以醋酸鈉調包，再交給賴信鴻指定的接應人呂滄海加工或分包銷售。他會把毒品放在A機車椅墊裡，騎到約定的地點，換騎呂滄海的B機車回來，雙方都有A、B兩輛車的鑰匙，不必碰面就完成任務。

下次交貨，溫清凱再換成騎B機車運毒，騎A機車回來。

呂滄海一聽到風聲就潛逃出國，雖然政府不是國際刑警組織成員，無法透過「全球警察通訊系統」分享通緝犯即時動態，但仍期盼能儘早將這隻漏網之魚拘捕，遣送回國接受司法調查。

溫太太辯稱她沒有參與毒品及綁架楚芸的計畫。

「沈孟洲約我談事情，兩人意見不合起了口角，哪知會有女警出現。」

「女警一出現我就離開了，後續情形我都不知道。」

「沈孟洲是立委特助，就算我先生是他殺的，也和立委脫不了干係，但又如何？」

她推得一乾二淨，楚芸也沒看到她動手。她和沈孟洲談什麼事情？當時為何不報案？是共犯還是主嫌？就看法官要怎麼判了，會是從重量刑，還是罪證不足……？

這是第一條線。

調查局「洗錢防制處」第二科科長童立謙倒是很識相，自知法網難逃，到了偵訊室就承認他是賴信鴻的白手套。

他的供詞如下：

一、他將溫清凱從「毒品防制處」偷出來的毒品販賣所得，以及賴信鴻交辦要處理的錢電匯到賴信鴻指定的國外某家銀行。

二、那間銀行的洗錢防制內部控制及法令遵循有漏洞，正好可利用，此外為了避免被銀行申報大額外匯交易，還將匯款拆成多筆低於一萬美元的小額匯款。

三、賴信鴻透過福隆宮及其他帳戶匯款給溫清凱和童立謙。

童立謙將面臨檢察官申請羈押、起訴，並靜候司法審判。包庇罪、圖利罪及違反「貪污治罪條例」八成是躲不掉了。

所有陰謀背後的盤根錯節將被查明來龍去脈，終會出現曙光。

第二條線。

福隆宮的趙錦福主委則對涉案情節避重就輕，又是全盤否認觸法，又是供詞反覆，說他絕對不是金流來源，並威脅要對污衊他的人及對福隆宮不實指控者提告。

孫幗芳從司法院的「裁判書查詢系統」查到三年前福隆宮曾投資「鼎川投顧公司」六千萬元卻血本無歸，雖然告了鼎川的負責人涉犯詐欺取財、隱瞞虧損實情等罪嫌，但卻敗訴。

趙錦福的證詞：

「鼎川的負責人姜尚東騙我說公司獲利良好、股票會上市，還要收購某些生技公司，講得天花亂墜，根本就是在畫大餅。」

鼎川負責人在法庭上的抗辯：

「趙錦福投資時，我們有跟他簡報營收預測資料，實際財報也據實告知。股票上市是個遠程計畫，我們也努力在爭取對岸業務，只是還沒達到預定目標。」

法院的裁判書上則寫說：

「投資本來就是一種風險管理，若遊說他人投資時，故意以不可能實現的預期發展內容取信對方，才可能構成詐欺。趙錦福想以鼎川投顧公司名義收購生技公司和爭取對岸業務，據此判鼎川負責人姜尚東所涉詐欺取財無罪，全案可再上訴。」

宮廟各種名目的收入林林總總，有太多來源是不明或不需登記的，若被有心人士大量轉帳、洗錢、非法交易，在神祕帳戶數字背後的癮頭是會讓人戒不掉的，又有多少錢經過不入流的勾當流入賴信鴻的口袋則不得而知。

但台語俗話說，鴨蛋卡密嘛有縫。

有人檢舉趙錦福曾挪用財團企業的獻金去買福隆宮周遭的土地，雖然土地是登記在福隆宮名下，但實際交易金額比實價登錄多了好幾倍。

現在檢調單位正追查趙錦福是否將差價中飽私囊？或是轉到賴信鴻三間公司的帳戶？

至於宮廟裡的理監事是否也沆瀣一氣，和趙錦福同流合污則有待調查。

從福隆宮轉給溫清凱的兩筆帳，趙錦福全推給已過逝的汪治邦，他說他全然不知情，檢調還沒掌握十足的證據將他定罪，相信百密必有一疏，等到罪證確鑿自然會將他起訴。

第三條線有點瓶頸。

偵查隊同時也查到法老王PUB是沈孟洲和皓子、黑皮三人合夥開設的。

皓子辭了保全工作，掛名PUB的負責人。被火紋身的黑皮則既豁達又看得開，努力復健後當起bartender。

沈孟洲對兩人有很多保留，不便透露立委相關的事讓他們知道，也許對曾經一起出生入死的同袍而言是件好事。PUB雖然歇業了，他還保留房間鑰匙，想來那裡的確是關楚芸的好地方。

警方查無證據顯示兩人也曾涉案，他們原本還期待有朝一日PUB再重張旗鼓，對老鬼的境遇則是抱以無限感慨。

賴信鴻的問題最大，也最麻煩。還缺這條錯綜複雜的主線。為了調查龐大的犯罪集團，檢調動用了大批人力，兵分多路。法院也扣押他名下多間公司的產權，靜待釐清。

賴信鴻雖然涉及貪污治罪條例，尚未經過檢察官起訴，具體求刑。如今人死了，訴訟主體即失其存在性，訴訟程序之效力不應發生，故無承受訴訟制度，程序因無法進行而終結。

至於貪污所得如何執行扣押、追繳、沒收，還要依民事訴訟程序，向其繼承人依侵權行為或不當得利之法律關係訴請返還。

只是這樣能杜大眾悠悠之口嗎？

電信足跡讓與金錢有關的人事物有了突破性的發展，都指向與賴信鴻有關，沈孟洲也在「石嶼小築」向侯霆煜承認汪治邦和溫清凱是他殺的，但誰是幕後主謀在他摔落電梯井當下也隨之帶入墳墓了。

羅啟鋒慨然的說：「常言道，千里為官只為財。牛頓也說過：『我可以計算出天體運行的軌跡，卻算不出人性的瘋狂！』若賴信鴻沒死，將來也會落得昔為堂上官，今做階下囚的下場。」

「羅檢，鳥為食亡，人為財死，古今中外皆是，」高子俊勸慰羅啟鋒說，「貪贓枉法之徒要靠你們繩之以法，社會才不會動盪不安。」

「司法界也是有敗類的你又不是不知道，不然怎麼會被說是恐龍法官？」

「送你一句不知從哪裡聽來的話吧：『每個人都是瘋子，只是呈現方式各不相同。』」

35

今天是為賴信鴻舉辦告別式的日子。

會場擺滿了各界送來的花圈與花籃，總統府、行政、立法等五院高官的輓聯把會場搞得彷如在辦書法比賽，但沒一個人到場悼念。同黨同志只有丁三賢和朱靜瑩現身送他最後一程，兩人一身墨鏡、黑衣黑褲，都略顯哀淒。

「看來樹倒猢猻散，牆倒眾人推，大家現在都避之唯恐不及，世態炎涼可見一斑哪。」

高子俊和羅啟鋒去告別式祭拜後的感觸是相同的。

兩人順路到Costco買了咖啡機，高子俊終於要添購一台咖啡機放在會議室了。

「羅檢，別忘了你說過你要提供咖啡豆的唷！」

「沒問題，小case一樁。」

羅啟鋒人逢喜事精神爽，案子破了，他的男友也回到他身邊。

他的醫師男友和網路情人激情過後才瞭解最愛的還是親如家人的人。原本男友搬離合租的住處避不見面後，訊息也不讀不回，加上幾件凶殺案讓羅啟鋒忙得分身乏術，就有無法挽回的醒悟了。

他曾幾次去男友任職的醫院找其他醫師諮詢醫學上的疑點，卻始終無法鼓足勇氣去找他，有一次兩人還差點不期而遇。

和男友復合原本不在他的計畫內，人生雖說無常，有時候也會有驚喜出現的。只能說，生命裡的一切都是必然，沒有偶然。

「我們是個團隊，是個team，個人英雄主義在這裡行不通，」高子俊眼光飄向侯霆煜，叨唸完又語帶讚賞，「侯小分隊長的身手令我刮目相看，但是下次再違抗命令絕不寬貸。」

楚芸自從獲救後，她和侯溜兩人的感情迅速昇華，侯霆煜不會把高子俊的譴責或褒獎搞得自己得失心太重，大家都看得出來，兩人戀人未滿，友達以上。

「楚楚啊，我們也是救駕有功，妳怎麼可以厚此薄彼？」

楚芸笑得燦爛，臉上已恢復被綁架之前的紅潤氣色。

「不是請大家吃buffet了嗎？」

「一頓餐就打發了，哎，真不值得啊！」

蔡伯諺、阿丹和小葉三個單身漢三不五時就捉弄她。

「喔，我的心都枯萎了！」

「那怎麼還沒碎啊？要不我幫你一把。」

侯溜出來宣示主權了。

◇ ◇ ◇

Anita一直躲在友人家裡等沈孟洲的訊息，直到看到新聞報導，雖然亂了方寸，但當機立斷就請友人陪同她去投案。

她把老鬼交給她的賴信鴻非法交易的證據交出來。

Anita說那是沈孟洲從賴信鴻的電腦裡面挖出來的，至於他為何要這麼做？又如何得知賴信鴻的不法資料藏在哪裡？是怕萬一東窗事發要他背黑鍋以求自保？還是別有目的則不得而知，除非老鬼能親口說明。

隨身碟裡多筆資料的日期可追溯到十年前每一筆金額的流向及人頭帳戶、偽造的客戶記錄都一清二楚。

賴信鴻透過熟識的人牽線認識趙錦福，趙錦福再推薦汪治邦給賴信鴻。趙錦福授權給汪治邦轉帳，兩人都吃了很多甜頭，也分得不少羹，證據足夠讓趙錦福俯首稱罪。

這下子總算把龐大的犯罪集團所有拼圖都湊齊了。

孫幗芳到醫院探視老鬼。

他摔下電梯井時，頭部先撞到牆壁再著地，接著身體狠狠地撞擊地面，除了手腳骨折外，還傷到第三到第五節的脊椎，包覆在脊柱裡的脊髓神經因而受傷，脊椎的骨頭、椎間盤都破裂，碎片還刺傷了脊髓神經，是屬於「高位脊隨損傷」。

經過腦神經外科及骨科緊急開刀後，命是撿回來了，但不僅脖子以下全都不能動彈，頭部也只有兩眼能動，暫時還得靠呼吸器維生。除非奇蹟出現，否則恐怕下半輩子終身癱瘓，要在病榻上度過了。

她想起《潛水鐘與蝴蝶》（Le Scaphandre et le Papillon）裡法國《ELLE》雜誌總編輯尚—多米尼克・鮑比罹患「閉鎖症候群」後全身不能動彈，惟有左眼眼皮能夠跳動，得以藉由眨眼的動作透露要表達的意思與人溝通。

還有，她無法想像演電影「超人」的克里斯多福・李維墜馬受傷後坐在輪椅上的日子怎麼熬？而今看得出來，躺在病床上的沈孟洲身上遍布插管、針頭、監測器貼片與導尿管，眼神裡充滿了懊悔、憤怒、不甘心，即使活著也與死人無異。

孫幗芳心想，要是換成是她，寧可被判死刑也不願意受這種身心的折磨及懲罰吧？

「孟洲，醫師說我們只要好好的配合復健和理療，假以時日就可出院了。」

Anita沒把老鬼實際病情與受傷程度據實以告，怕他會承受不了。醫師說摔落的地點越高，著地時的動能就越大，受到地面的衝擊也越大。老鬼除了脊隨損傷需長期臥床外，內臟也有破損及破裂現象，幸好身體沒有變形。

「等你病好了，刑期服完了，我們就帶小叡一起出國玩，好不好？」

Anita已有長期抗戰的心裡準備，但老鬼呢？她無法細想，只能先走一步算一步了。

看著沈孟洲的淚水泉湧而出，她也悲慟欲絕，幾乎找不到呼吸的節奏。握著他的手，縱然有千言萬語卡在喉頭，卻也不知從何說起。

◇ ◇ ◇

孟洲，你還記得嗎？第一次你見到我，連正眼都不瞧我一眼，我心想，這個人在跩什麼啊？同時強烈的羞恥心也雷霆般席捲而來。

後來我才想透你的心思，你是為了隱藏一般人對於便服店公關的既定概念造成的尷尬，怕我誤解為嫌惡的眼光，或許是你已看穿我當時在你和立委面前的偽裝，不想讓我難堪罷了。

我有時會欲擒故縱，搞小心思逗弄你，或立起屏障宛如拒你於千里之外，又或開了門扉一道小縫迎合你進來，讓你摸不著、猜不透，以為我在玩什麼猜謎遊戲。

看你有時是一副什麼都瞧不進眼裡的傲慢神情；有時是一副誠惶誠恐，緊張得全身發硬的獃樣，那全是因為我在乎你啊！

若不在意你，只要在自己隨性的時候施捨一點廉價的同情心給你就好了，又何需絞盡腦筋想這些有的沒的伎倆。

你可以否認你看立委帶我框出時沒有帶著嫉妒的眼神；可以否認我試著說我不適合你、提分手時你沒有傷心過；可以否認你沒想過要和我終老一生；但我可心知肚明哪，這都不是真的。

你記得你說過「我像某個樂章、某段詞曲、某首詩篇撩撥了你的心弦」嗎？我聽了哈哈大笑，回說：「也不害臊，都多大年紀了還搞風花雪月」，其實我心裡是甜滋滋的，像飛在雲端上。凝望著枕畔的你沉睡如嬰兒般發出柔和勻靜、輕輕的鼾息聲，這就是所謂的幸福嗎？真是看再久也不厭倦、也不會膩。我輕觸你的睫毛、鼻頭、嘴唇，是那麼的可口。啊，原諒我的用詞，我只是要讓你知道，我是如此的愛你。

你會突然轉過身來抱住我，再一點一滴，一口一口把我渾身親透透。

我好希望時間能永遠暫停在那一刻啊。

「你這老狐狸，還會裝睡！」我搔你癢，你咯咯笑著，直到你求饒，原來你還有這個死穴。我說了：「以後你敢欺負我，就用這招反制你。」

三十多個年頭來，你是唯一能讓我神魂顛倒、意亂情迷的人，壓抑的情欲才得以釋放。我們都是隻身在異鄉的人，即使什麼都不做，能擁抱在一起就心滿意足了。

我討厭只是要應付酒客而喝酒，但因為你愛品嘗美酒，我也愛。我認為有得吃就很幸福了，因為你愛美食，我也愛，就不管身材會不會走樣哪。我愛上讓你拍美照、愛上一起打線上遊戲，都是因為你愛啊。

但你從未給我顯見而明白的許諾，因為恐懼從未離開過？還是在忌憚什麼嗎？

或許你太了解我了，總是設身處地進入我的內心，知道我缺乏安全感，許再多的承諾也無法驅離我的恐懼？

或許你是對立委有所忌憚，害怕他不會輕易讓我離開？也或許你不敢或不願任意許下承諾，是因為你也畏懼給我的承諾你會做不到？

孟洲，你或許不記得了，有一次你突如其來的脫口而出：我們結婚好嗎？接著用隨興語調自我解嘲的說：「呵呵，我是在癡人說夢話嗎？」

你知道當下我有多興奮、多感動嗎？我有百萬個、千萬個我願意想說出口，卻只是笑了笑，回了聲「蛤？」，畢竟我也還有些後顧之憂、還有些猶豫，還有些……。

可如今我後悔了，當時「我願意」應該說出口的，這樣你就別想賴掉了。

你對我的好我都感念在心。你說你曾墮落過、吸過毒，我又何嘗好到那裡？都說風塵女子無情，遇到孽緣宿命，縱然千般迷離，萬般傷痛，到頭來只是一片鏡花水月，我也是會奮不顧身的，這點天可為鑑，地可為表。

有時候我會從溫煦的陽光變成冷酷的冰霜，那是因為我卑微的自尊心讓我覺得配不上你，其實我早已認定你了。謝謝你總是遷就我的任性、我的無理取鬧；謝謝你讓我平淡無奇的人生不會淒慘無比。

我之前無法體會失去你就意味著失去生命，現在我懂了。老天許是嫉妒我們，不想讓我們善終，但我會向祂祈禱，請祂成全我這一點痴心妄想，讓你快點好起來。如果最後的宿命是要讓你離開我，我也要讓你知道，你就是我的世界——

至死
不渝

〈全書完〉

要推理103　PG2825

要有光 FIAT LUX　實境殺人遊戲

作　　者　佘炎輝
責任編輯　喬齊安
圖文排版　黃莉珊
封面設計　吳咏潔

出版策劃　要有光
發 行 人　宋政坤
法律顧問　毛國樑　律師
印製發行　秀威資訊科技股份有限公司
114台北市內湖區瑞光路76巷65號1樓
電話：+886-2-2796-3638　傳真：+886-2-2796-1377
http://www.showwe.com.tw
劃撥帳號　19563868　戶名：秀威資訊科技股份有限公司
讀者服務信箱：service@showwe.com.tw
展售門市　國家書店（松江門市）
104台北市中山區松江路209號1樓
電話：+886-2-2518-0207　傳真：+886-2-2518-0778
網路訂購　秀威網路書店：https://store.showwe.tw
國家網路書店：https://www.govbooks.com.tw
總 經 銷　聯合發行股份有限公司
231新北市新店區寶橋路235巷6弄6號4F
電話：+886-2-2917-8022　傳真：+886-2-2915-6275

出版日期　2022年9月　BOD一版
定　　價　320元

讀者回函卡

Printed in Taiwan

國家圖書館出版品預行編目

實境殺人遊戲 / 佘炎輝著. -- 一版. -- 臺北市:
要有光, 2022.09
面；　公分. -- (要推理；103)
BOD版
ISBN 978-626-7058-51-0 (平裝)

863.57　　111013289